京都某料亭にて。義父母。

京都東寺境内にて。左より義父、三女、義母、次女、長女。

彼岸の家

HIGAN
NO
IE

森山寛
MORIYAMA Hiroshi

文芸社

目次

彼岸の家

第一章　落合の家　6
第二章　三人姉妹　22
第三章　ゆるやかな変化　42
第四章　夫婦と親子　57
第五章　入院　76
第六章　穴蔵に潜む　91
第七章　秋祭り　103
第八章　再会　127
第九章　孝平の入院　141

第十章　回想　157
第十一章　無常　170
終章　旅立ち　186

待つということ　199
（一）失業者の夫と妊婦　200
（二）残務整理　218
（三）背徳　230
（四）月明かりに導かれて　254

あとがき　269

彼岸の家

第一章　落合の家

新宿上落合の原孝平の家では、八時頃から朝が始まる。老夫婦の家庭にしては遅い起床である。

朝、孝平は目を覚ますと、隣の布団に寝ている志津の様子をしばらくうかがい、軽くゆすってやる。もともと志津は早起きの習慣があって、いつも台所から孝平に声をかけてきたが、最近体調を崩してからは、目覚めてもそのまま布団の中でじっとしていることが多く、呼び起こす役割が孝平の方に回ってきたのである。

孝平は寝床の上であぐらをかくと、両手で痛む左膝を温めてからゆっくり立ち上がるが、膝から腰にかけていつもの痛みが走る。足を引きずりながら居間の炬燵のスイッチを入れ、かつて自分の仕事場だった土間に下りて、硝子戸のカーテンを開ける。脇戸を開けて郵便受けから新聞を取り出す時、きまって大きなくしゃみをした。

それから孝平は、膝の痛みに慣れるため、部屋の中をうろうろ歩きながら、それとなく志津の様子を見守る。

起きぬけの志津は、着ぶくれの格好で足元がおぼつかないが、それでも前夜に仕込んだ釜や鍋に火を入れ、やかんに水を入れて湯を沸かす。それから神棚の米や水を下げて新しいものをあげたり、土間の戸口に塩を置いたり、ゆっくりと時間をかけてこまごまと動く。孝平は、志津のこの長年のお務めを取り上げようとはしなかった。

朝の明るい陽が軒下に満ちる時刻になっても、商店街の一角にある孝平の家では、屋並みが建て込んでいるため部屋は薄暗い。ダンマリの寸劇のように、二つの影が寄り添ったり離れたりしながら、朝食の支度が調えられていく。

志津が神棚のろうそくに火を灯すと、光の輪が重なり合いながら広がっていき、炎の揺らぎに魅せられた志津の無心の表情が浮かび上がる。孝平は、今日のばあさんは少し気分がいいようだ、と思う。今度は孝平の番である。火打ち石であたりを清めてからおもむろに祝詞をあげるが、最近は省略が多く、志津にあれでご利益があるのかしら、と思われるほどあっさり終わった。

居間には洋服ダンスと並んで、がっしりした木組みの神棚が置かれ、古い社には京都伏見稲荷のお札が納められていて、ちょうどこの家の中心に位置している。

昭和の初めの頃、ここ落合で所帯を持った孝平は、親方の勧めで伏見のお稲荷さんを信仰するようになり、この家の守護神として長い間崇めてきた。戦後間もなく、孝平は甲府郊外の疎開先から単身上京してこの家を建てた時、過労がたたって軽い喉頭結核にかかり、半年ほど休養したことがある。ある寝苦しい夜、夢の中に純白のキツネが現れて孝平の首に噛みついた。それから間もなく、首筋の鬱血感がなくなり、病状は快方へ向かった。

孝平はこの不思議な霊体験を自分の宝物のように大切に守り、毎年一月には、京都の伏見稲荷への参詣を欠かさなかった。赤い鳥居を過ぎて石段を上りつめると、忽然と青さびた沼が現れ、そのほとりに孝平の信仰する小塚がある。この数年は、三人の娘夫婦を連れて京都に初参りに行っており、それが孝平の何よりの楽しみだった。

師走に入って間もなく、風邪気味でぐずぐずしていた志津が急にものを食べなくなった。孝平も志津も同じ年の八十二歳であり、何が起きてもおかしくない高齢にあったので、周囲の者もそれとなく注意をしていたが、いかんせん師走という時期が悪かった。

横須賀に住む志津の末妹が人伝てにそのことを聞いて駆けつけ、十日ほどそばにいて帰っていった。これに対して娘どもの腰はいまひとつ重かった。実家にふらりとやってくるが、家事を手伝うわけでもなく、いつもと変わらぬ志津の顔色を見ると、なぜか安心したように帰っていった。

とにかく正月にみんなで会った時、今後のことを相談しようということになった。暮れ近くになって、近所に住む志津の友人が、長い入院生活から退院して間もなく死んだが、志津は葬儀に参列できる状態になく、孝平だけがお焼香に行ってきた。

正月二日、孝平の家で恒例の新年会が開かれた。数年前から孫たちは来なくなり、娘夫婦たち六人が集まって賑やかに一日を過ごす習慣になっている。

「毎年こうして顔を合わせることが何よりめでたいことだ」

会食が始まると、孝平はひとりつぶやくように言う。

「おかげさまで今年も無事に新年を迎えられたわ。あら、去年も同じことを言ったわ」

長女の妙子が口元を手で覆いながら笑い出すと、すかさず次女の律子が、

「それでいいのよ。それ以上のことはないのだから」

と言い、続けて、

「平穏無事のありがたさは頭の中では分かっているけど、忙しい毎日を惰性で過ごしてしまうのね。あたしなんか家事や仕事に追われていると、毎日が滑るように過ぎていくわ。今それを切実に感じているのがおばあさんよ」

律子はそう言いながら志津の顔をのぞき込む。

志津はいつもと違って言葉数が少なかった。料理皿を一つ一つ眺めながらも一向に手をつけようとしない。

「おばあさん、食べなくちゃ駄目よ」

末娘の京子はそう言って志津の皿をとり、志津の好きな煮物を盛ってやる。

「どう、あたしの味を見てよ。おばあさんの言うとおり作ったわ。少し薄味だけど、おつゆがよくしみているでしょ」

志津はみんなの視線を浴びながら、やっと軽く一膳のご飯を食べた。

それから志津は、ぼそぼそと話し始めた。師走の小雨がぱらつく寒い日、朝に気分が悪かったので、一日家にいるよう孝平に頼んだところ、無視して仕事に行ってしまったという。

「あたしは留守番には慣れっこになっているけど、あんな辛い一日はなかった。それからだわ、食欲がないのよ」

志津はそう言って孝平を睨むと、周りがびっくりするほどの大声を上げた。

「こんなになったのは、みんなあんたのせいよ」

一瞬の沈黙の後、ちらほらと娘たちの声がする。

「でも仕事じゃ仕方がないわね」

「あの我慢強い母が、よほど切なかったのよ」

孝平は何も言わず、テレビへ顔を向けている。

長年孝平の陰に隠れていた志津は、年老いてくると、事あるごとに強い性格が現れるようになった。地割れから突然噴き上げる炎のような口調は、おもに孝平に向けられたものであったが、その場に居合わせた娘たちでさえ、びっくりして顔を見合わせた。

老人病は、日常の些細な気持ちのつまずきから始まることが多いという。しばらくの間、娘三人が交代でこの家に通い、志津の様子を見ることになった。

孝平は娘たちとの約束どおり、志津の病気をきっかけに畳屋を廃業することにした。

年末の大掃除に「原畳店」の小さな看板を外した時、戦後、無理算段してこの家を建て、畳屋を再開した時の悲壮な気持ちが孝平の心にふとよみがえった。この家業に入ってからかれこれ七十年になるが、まだ余力を残しての、それもあっけない幕切れになった。娘たちは廃業を当然のことと受け止めていたので、この思いを分かち合う者はいなかった。

「俺は当分地獄だよ」

婿たちの前で、孝平は照れ臭そうに笑った。

孝平も婿たちもあまり酒を飲まなかったので、新年の会食はいつも静かに進行した。食事が終わる頃、やっと二本のお銚子が空になった。京子は冷蔵庫からビールを持ってくると手酌で飲み干し、周りの目をかすめてさらに一本追加した。顔を真っ赤にした孝平は、いつものように一人抜けて奥の部屋で休んだ。

食卓は女たちの手で手際よく片付けられ、おしゃべりの新しい時間が始まる。婿たちも思い思いの格好で座に加わったり、部屋の片隅で軽い寝息を立てたりしている。

いつもの年なら、松過ぎの京都旅行が控えており、それが話題の中心になるが、志津の体調を考えて、昨年から京都行きは取り止めになっている。

二月の第一週の日曜日を初午《はつうま》と決め、その準備をどうするかを話し合っていると、

「ねえ、今年は仕出し屋からお料理を取ろうか」

こう切り出したのは、作る人の京子である。

「あら、それもいいわ。京風のお弁当がいいわよ」

と妙子が言ったので、律子も賛意を示した。

「あたしそういうところを知っているわ。あたしに任せてよ」

娘たちの間で話が勝手に独り歩きしていると、それまで黙っていた志津が突然口を開いた。

「あんたたち、お料理を取るって言うけど、そのお金は誰が出すの。おじいさんにはそんなお金はないのよ」

甲高い笑いが疾風のように起こった。笑いの余塵がくすぶる中で律子が、

「まいった。そこまでは気がつかなかったわ」

志津はにこりともせずタバコをふかしている。この騒ぎに目を覚ました妙子の夫山下が、上半身を起こして笑っている。

「おばあさんが一番しっかりしているじゃないか」

京子が大げさに腕を交差させて、この話の打ち切りを宣言した。


その時、みんなの後ろに孝平が立っていた。

「妙ちゃん、一度暇な時に、税務署へ行って廃業届を出してくれないか」

「ええ、いいわよ」

妙子は気のなさそうな返事をする。彼女はメニエール病を患った後でもあり、血圧も不安定で、少し元気がなかった。お茶の稽古をしているせいか、正座の姿には貫禄があったが、うつむき加減の上体はどこか心もとない気分を宿しているように見える。

部屋に戻る孝平の背中を見やりながら、

「あんた本当に行く気なの」

律子が妙子に向かってたずねる。

「だって、行ってくれって言うんですもの。本人の気が済むならそれでいいじゃない。最後はきちんとしたいのでしょう」

「いまさら廃業届もないもんだ。これまで税金だって払ったことがないでしょう」

律子は顔をしかめながら刺のある言い方をした。

三人の娘の中で、次女の律子のところはいつも景気のいい話ばかりで、何かと発言力が強かった。これまでも年老いた両親の先行きについていろいろ意見してきたが、ことごとくが孝平に受け入れられず、律子は最近ではこの家と少し距離を置くようになった。

律子は孝平に似た一本気な性格から、嫁に出した娘の家庭を衛星のようにわが意に従わせようとする孝平に我慢がならず、何かにつけて孝平と衝突した。

律子の夫の水野は板橋で建具商の問屋を営んでおり、特注品の設計や見積もり計算ができるので、別注分野で優良な得意先を持っている。律子もまた、経理事務を習得して銀行交渉などを一人でやってのけるが、この経験が世間に対する自信を深めていった。一人息子の明人は、結婚して子供も生まれて所帯を持ち、稼業に身を入れるようになったが、誇り高き創業者夫婦の前では、なかなか及第点をもらえなかった。

長女の妙子は、官吏を定年退職し、ある会社の顧問をしている夫の山下と平穏な生活を送っている。悩みといえば、大阪で勤務している一人息子が三十歳を過ぎても、一向に結婚する気配のないことぐらいである。

頭の良い長女として育てられた妙子は、子供の頃から本が好きで父親のお気に入りだった。小学生の頃、学校から帰ると、道端で遊んでいる妹たちを横目で見ながら二階へ上がり、自分の机で過ごすことが多かった。

妙子は孝平の内向的な性格を強く受けて一人遊びを好み、三人姉妹の長女でありながら一人っ子と同様の境遇において成長したふしが見られる。家庭を持つようになってからも、子供の教育や夫の出世には熱心だったが、実生活では、実戦を知らない将校のような頼りなさがみられ、それがかえって彼女の気位の高さを際立たせている。人柄のいい、役人らしくない山下と、役人の妻然とした妙子の先行きを危ぶむ声もあったが、孝平はあまり気にしなかった。

「夫婦なんてものは手品師の紐みたいなもので、他人からは切れているように見えても、手のうちはちゃんとつながっているものさ」

そんな孝平も、最近ではいろいろな病気を抱え込んで生活に無気力になっている妙子の様子を、心配そうに見守るようになった。

孝平と志津は同い年の幼馴染みで所帯を持ったのが早かったため、三女の京子が勉と結婚した時は、まだ五十代半ばであった。それからの二十余年が、二人にとって最も充実した歳月であったと思われる。

娘たちを手放しても、孝平は父親として何かと相談を受ける立場にあった。娘たちにとっても、世間知らずの夫よりも世故に長けた父親の方が、はるかに的確な答えを返してくれるし、何かにつけて実家に足を運ぶ理由にもなった。婿たちもみんなそのことに理解を示して協力的だったので、孝平の家長としての権威は損なわれることなく、居ながらにしてそれぞれの家庭の状況について、つぶさに周知していた。

その頃から孝平は志津を連れてよく旅行した。地図を片手の気ままな旅が多く、行く先々から失敗談を持ちかえった。厳冬の大山では列車が立ち往生して車内で一晩過ごしたり、琵琶湖のほとりでは、最終のバスに乗り遅れ、観光バスに拾われてお弁当をもらって食べたり、白浜温泉では、タクシーの運転手の口車に乗せられて、ピンク色の部屋に泊まる羽目になったりした。

志津の旅の記憶には、そんな逸話がベースになっているらしく、あとあとになっても、その時の様子が志津の口から面白おかしく語られたものである。

娘たちが嫁ぎ、跡取りのいない孝平は、畳屋の仕事を一代限りと見極め、老後に備えて実によく働いた。

以前は工務店の仕事を請け負っていたが、利幅が薄い割にリスクが大きく、孝平の性格になじまなかったので、一般家庭や賃貸アパートの仕事へ切り替えていった。このあたりは学生や独身者向けのアパートが多く、昔からの得意先にはアパート経営に乗り出す人もいて、二、三人の職人を使い、それはそれで結構な儲けになったといわれる。

戦時中、ここで焼け出された孝平は、生まれ在所である甲府の郊外へ疎開したが、十年は遊んで暮らせる貯えがあったという。だが、職人気質で経済音痴の悲しさから、戦後のインフレに対処する才覚を持ち合わせず、結局元の振り出しに戻された。

その苦い経験から、孝平は判で押したような一日の労働に気持ちを込めて働いた。夕方仕事から帰ってくると、ひと風呂浴び、夜は志津とのんびりテレビを見ながら明日の段取りを考える。自分の息遣いが聞こえてくるような毎日であるが、七十を過ぎても八十になっても生活ぶりは変わらなかった。

今日一日という時間の流れの上に、労働と安息は、孝平の気持ちの中で緊密に溶けあっていたのである。

第二章　三人姉妹

彼岸が過ぎて、日を追って暖かさが増してくると、志津の体調も少しずつ快方へ向かい、風のない穏やかな日には、買い物にも出られるようになった。

家からわずかに左側の四つ角に立つと、右手に百メートルほどの一本道に食品や日用雑貨や飲食店などの商店が連なり、その先に落合火葬場がある。明正寺川の右岸の高台に位置し、古くから民家が密集している。戦後はアパートが乱立したため、商店街は自然な形で商圏を広げてきたが、近年その外郭地区にスーパーが進出したため、以前ほどの賑やかさは見られなくなっている。

志津は孝平から釣り銭のいらぬように小銭を渡され、自分のタバコや牛乳を買いに出かけるが、時々知った顔に出会って長時間話し込み、孝平をやきもきさせた。

食は相変わらず細く、おそらく志津の体内では売り食いの状態だったと思われる。

かかりつけの医師も、この宙ぶらりんな状態から快方へ向かうことはあり得ないので、周りの者が常に注意深く見守る必要があるという。これはある意味で、これからが家族の正念場であるという示唆でもあった。

孝平は仕事を辞めてから、何も手につかない日が続いた。孝平を追いたて引き回したかつての日々は過ぎ去り、単調に点滅する一日を、孝平は炬燵で横になって過ごした。テレビを見るわけでもなく、眠っているかと思うとそうでもなく、志津に背を向けたままじっと目を閉じている。

それでも食事時になると起き上がり、飯の催促をする。食欲は旺盛で、自分の皿を平らげるだけでなく、志津にこれはうまいから食べろと勧めながら、それも自分できれいに食べた。三女の京子はそんな孝平のあさましい姿を見るのが辛かった。仕事を辞めてから、丸々と艶が出てきた孝平の顔すら嫌悪のもとになった。

志津の体調が小康状態を保っているので、娘たちが実家へ行く日の間隔が開けられ、やがて律子は仕事の多忙を理由に来なくなった。

「あの家はお墓があるから強いのよ。父は何にも言えないんだわ」

このことが妙子と京子の不満になっていることは想像できる。

跡取りのいない孝平と志津には入るべきお墓がなかった。妙子の嫁ぎ先である山下家には一族の大きな墓地があるし、京子の夫勉にも、北関東の町に勉の父の墓地がある。律子の夫水野は分家なので、東京の郊外に墓地を買った。そこに孝平と志津も一緒に入れてもらうのは自然の成り行きで、誰にも異存はなかったが、それとこれとは違うと言いたてる者がいなかった。

「あたしね、律ちゃんが初孫のお節句の時、おばあさんを呼ばなかったでしょ。あの頃からおかしいと思ったわ。ひ孫と一緒なんて、こんなおめでたいことないのにね」

「そうだな。いい写真になるね」

「あなたもそう思うでしょ。前の父だったら、そうはさせなかったわよ。その家長がこけてしまったのだから」

京子は夫にそう言って、ため息をついた。

長い間、落合の家を中心に、娘たちの家庭が寄り添うように生きてきたが、孝平が高齢になったことや志津の病気で、今、その形が崩れようとしている。

「まあ、一極集中の構造が危機に瀕しているんだな」

勉は幾分皮肉を込めて言う。

「人間年を取るにつれて気持ちの拠りどころが移っていくのだ。水野さんに孫が生まれたことによって、彼が家族のボスになるのは自明だよ。一つの核が三つの核に分裂して、やがて大きな輪になっていく。それにしても我々一族は貧弱な家族構成だな」

「孫はあそこしかいないけど、あたしたちもそんな年になったのね」

京子はそう言いながらも、

「これまで落合の家を中心に仲良くやってきたのよ。お互いに年を取って生活の煩わしさから離れたんですもの。あとは気持ちの問題よ。せめて両親が生きている間は、今までどおりにやっていきたいわ」

子供の頃から性格の異なる姉たちの間で右往左往しているうちに、京子はいつの間か、何事にも中庸で現実的な考えを持つようになった。

十五年前、志津が尿毒症で死線をさまよった。その時は、病院での志津の看護やら孝平の世話やらで、お互いに連絡を取り合い、そのチームワークによって、みんなが生き物の手足のように機敏に働いた。

また、孝平が昨年軽い心臓の発作で倒れた時、新築アパートに新床を入れる約束日が迫っていたので、婿たちが休日に手伝ったことがある。畳を持つと腰がふらついて前へ進めず、悲鳴を上げながらの労働だったが、女たちが子供たちを連れてきて昼食を運び、アパートの庭で会食した。その夜、孝平からは娘たちに結構なアルバイト料が配られた。落合の家にまつわる記憶の数々は、いつも家族の輪という懐かしさで胸の内によみがえるが、それがだんだん薄れていくのを京子は惜しんだ。

「結局父が悪いのよ。娘の前でおばあさんを頼むと言えばいいのに、来られるものが来ればいいなんて格好つけるから、かえっておかしくなるのよ」

それからこんなことを言って、京子は勉をびっくりさせた。

「あたしはこの頃、父に裏切られたと思うようになった。あたしは父を尊敬していたわ。いろいろ世の中のことをよく知っているし、物の見方が公平でしょ。あなたに内緒で父に相談したこともあるわ」

それから続けて、

「結局娘の手前をつくろっただけよ。口ではきれいごとを言っても、わがままで因業な父こそ本当の姿なのよ。そう思ったらかえってすっきりしたわ」

京子は一気にそう言い切ると、さわやかな微笑を浮かべた。

過ぐる日、勉と京子が付き合っていた頃、京子からたびたび家族のことを聞かされるうちに、勉のなかに一枚の絵が出来上がった。

幼い頃の冬の夜、炬燵で父と娘たちが向き合っている。そんなとき母はいつも父のそばに座り、紅茶のお代わりをしたり、行儀の悪い娘をたしなめたりしている。おしゃべり好きな娘たちを見守りながら、父もまた、学問好きな職人として歴史や古文に通じていたので、そのあたりの知識を披露する。幼少の頃から一日のことを代わり番こ、父にお話しする習慣が、今、それぞれの家庭でまだ生きているのである。

ある日、実家から帰った京子は、

「今日のおばあさんは様子が少し変だったわ」

そう言って、一日の出来事を勉に話してくれた。

午後に珍しく近所の梅さんが訪ねてきた。戦前から家族ぐるみの付き合いのある人で、毎年冬の間は房総半島に住む娘のところで過ごし先日帰ったばかりである。十二月に死んだゆきえさんの葬式に参列できなかったので、今日お線香をあげてきたが、孝平たち二人の顔が見たくなったので立ち寄ったと言う。

梅さんの夫やゆきえさんの夫は孝平の若い頃の遊び仲間である。それぞれ職種が違っても、毎日仕事からあがると、着流しでよく遊びに出かけた。柳橋や芳町のなじみのところに入り浸ったこともあり、歌舞伎座の常連として、立ち見席からいっぱしに声をかけたりした。

戦後、疎開先から戻った頃は、生活の不如意からまともな暮らしに戻ったが、ゆきえさんのところは女のうわさが絶えず、オートバイや鉄砲打ちに凝ったりして遊びから足が洗えず、そのためか、ゆきえさんはアルコール依存症になったという。

「でもね、この数年、入退院を繰り返してきたゆきえさんを、よく面倒見たからね。彼女も最後は幸せだったのよ」

梅さんはさらに続ける。

「一人寂しそうにテレビを見ている旦那が哀れでね。その点この家はいいよ。二人揃っているから」

梅さんは戦後間もなく夫を亡くしたため、八百屋をたたんで奥の自分の地所にアパートを建て、会社勤めをしながら三人の子供を育てた。これまでいろいろと相談に乗ってきたのが孝平である。

梅さんは孝平と志津の二つ年上であるが、ふっくらとした顔立ちに老人特有の皺がなく、いつも背筋をしゃんとさせている。勤めの生活が長かったせいか、経済や社会の動きにも関心が高く、その点で孝平と話が合った。二人が親しく話をしている姿は、姉が弟を優しく包むような様子が見え隠れするので、梅さんが来ると、志津はどことなく身構えるように見えた。

京子は梅さんと久しぶりの対面であり、話は自然に子供の頃に及んだ。

「あたしね、おばさんのところへ行くと、京ちゃん、今日はお昼を食べていくのよ、と言われるのが嬉しくてね。すると母がちゃんと迎えに来ているの」

「あの頃は若い衆が大勢いて賑やかだったからね。この商店街の一番いい頃だった」

話し込んでいるうちに、京子は記憶の糸がほぐれて様々なことが思い出される。それを梅さんは確かな記憶力できちんと整理してくれた。

このような話は、もう志津とはできないだろうと、京子は心の片隅で思った。

孝平は寝ていたので話に加わらず、志津はしゃべらないけど、二人の顔を交互に見つめながら、一緒にうなずいたり、笑ったりしていた。

「この家の娘たちは三人三様だね。妙ちゃんはおすましや、律ちゃんは活発、あんたは昔から愛嬌があって可愛かったわ。娘だからこうして気軽に来てくれるのよ」

志津は黙ったまま、大きくうなずいた。

昔話に一区切りがついた頃、京子はお茶を入れ替えようと台所に立った。

その時、志津が突然口を開いた。

「あの、ゆきえさんは元気かしら」

それを聞いて京子が台所から飛んできた。

「おばあさん、今ゆきえさんが死んだ話をしたばかりでしょ。暮れにおばあさんは行けなかったけど、おじいさんがお葬式に行ったでしょう」

「あたしすぐ忘れるのよ」

さすがに志津は、梅さんの前で困ったような顔をした。

「ごめんね、おばさん」

「いいのよ、気にすることはないのよ。年寄りにはよくあることだもの」

そう言いながらも、梅さんのびっくりした目がじっと母に注がれていた。

勉は京子からこの話を聞いて、声をたてて笑った。こんな笑い方をしたのは何年ぶりだろう。あの生真面目な志津の顔にくすぐられて、笑いは残り火のように勉の顔に表れては消えた。

「あなた、笑い事じゃないのよ」

そう言っていた京子も、とうとうこらえ切れずに、勉を見つめながら笑ってしまった。

「本当にしょうもない母だわ」

「親父さんはどうしたの」

「それがねぇ」

孝平は聞こえる方の耳を下にしていて寝ていたが、おかしな気配を感じていた。梅さんが帰った後、京子に何かあったのか聞いたので、ありのままに話すと、顔を真っ赤にして怒鳴った。

「お前は俺に恥をかかす気か」

今度はあまり笑えなかった。

「やっぱり親父さんらしいじゃないか」

「あたしね、この頃父は母をいじめているのかと思うの」

「まさか」

「あなたには言ってなかったけど、こんなことがあったのよ」

この間京子が実家に行くと、孝平が強い調子で志津を詰問していた。志津の後ろにある箪笥の一番上の引き出しが開けられ、テーブルに志津の財布やお金が乱雑に置かれている。前に孝平が志津に預けた二十万円の残りがあまりに少ないので使途をただしていたが、孝平の前で志津はぼんやりしている。

「そういう話は娘の前でしないでちょうだい」

と志津が言ったので、その場はそれで収まった。

以前京子がパート勤めをしている時の帰り路、スーパーに立ち寄って食糧を届けることがあったが、孝平に内緒で、志津がたびたびお小遣いよ、といって京子に一万円札を持たせた。勉の前で京子は、指の間に一万円札をひらひらさせながら、またもらってきちゃった、と嬉しそうな悲しそうな表情を浮かべたことがある。

「君がもらったのだろう」

「そうかもね。あたし、知らんふりしていたわ。それとも父の死に欲かしら」

「そうじゃないさ。収入のないいまの状況を考えて、いろいろ気を使っているのさ。正常な感覚だよ」

「まあ、いよいよとなれば、あの家を売ればいいのよ」

京子は気楽な言い方をする。

「そうなることは、親父さんもお袋さんも死ぬより辛いだろう。君にも分かるだろう」

「あなたはきっとそう言うだろうと思ったわ」

一つ一つ反論する勉に、京子は明らかに不快感をあらわにし、この話は打ち切りになった。

両親の老後について娘たちも無関心ではなかった。孝平が仕事を辞めた時、妙子が代表して父に聞いたことがある。今、貯金がいくらあるかという質問に、父は明言を避けた。あるのかと聞けばないと答え、それでは援助しようか言うと、まだ大丈夫だと答えた。結局この家の財政状態について、何ひとつ分からぬまま終わった。

「娘さえ信用できないのかね。もっとも、面倒見てくれと言われても困るけど」

「先方が公開したがらないことが分かっただけでもいいじゃない」

「そうよ、生活費のことは今後一切こちらから言い出すことはないわ」

と、胸を張って宣言した。

「こういうことはすぐまとまるんだな」

婿の一人がからかったので大笑いになった。

家に帰ってからも京子は、

「とにかくあの家にはお金があるのよ。だから強いんだわ。娘が苦労して食べ物を届けても、そのくらいは当たり前と思っているのだわ。言いたいことを言うしね」

以前、京子がスーパーで肉を買って届けたところ、あの肉はかたくて食えないから、持って帰ってくれ、と言われたことがあった。よほど悔しかったらしく、いつまでもそれを根に持っていた。

「かたい肉じゃ年寄りには無理だ。あまり些細なことにとらわれず、やってあげられることをやればいいのさ」

勉がうるさそうに言うと、それが逆に京子に火をつける。

「あなたはあの家に行かないから、そんな気楽なことが言えるのよ。あの陰気臭いところに半日でもいてみなさい。考えただけでも気が滅入るわ」

両親のことを話題にしていると、風向きがくるくる変わる。穏やかな日和がいつか雲行きが怪しくなって突風が発生し、やり場のない口論に巻き込まれていく。

「あなたはね、昔父に借金を申し込んで断られたのよ。あたし忘れないわ」

「それは違うよ。親父さんを通して水野さんが都合してくれたじゃないか。すぐ返したし、あとに残る問題ではないさ」

勉は勤務先の織物卸会社が倒産した後、産地問屋の支援で細々と自営を始め、長年付き合いのあった京子と結婚した。数年前、繊維関係の業界から足を洗って企業調査の大手会社に転職し、やっと老後の生活が見通せるようになった。

「あなたは早く父親を亡くし、父を親代わりと思う気持ちは分かるけど、でもあの人は、人を受け入れるほど度量のある人ではないのよ。そのくらいあなただって分かるでしょ」

「知ったかぶりはよせよ」

執拗に絡んでくる京子を怒鳴りつけると、勉はコーヒーを持って自室に戻った。

義父と婿の関係は、凪いだ海面に浮かぶ離れ小島に似ている。海の中は地面でつながっているものの、海上では心地よい風が吹き抜ける距離であり、義父の心情はなかなか届いてこなかった。お互いに、あたりさわりのないクールな側面を突き合わせて領域を侵すことなく、いやしがたい確執を生じることもなく四十年が過ぎた。

自分を懐深くしまい込んでいる義父は、生来のいっこく者でもなく、世間に背を向けた偏屈でもなかった。むしろ、自分の中にひかれた一本の道をこつこつと歩んできたと思う。

職人という仕事に伴う様々な労苦を、人生の知恵として蓄積するうちに、義父なりの屈折した情念の世界を形成したのだろう。

心の小窓からこの世を見回す時の義父の姿は、勉には、晴れ晴れした眺めの良い場所に立っているように見えた。これが本当の義父の姿だと思った。

その時、京子が部屋の入り口に立っていた。少し酔っているふうに見えた。

「あなたにお願いがあるの」

「何だい。あらたまって」

「これから、実家のことに口出ししてほしくないの」

京子の切り口に、勉は腹が立った。

「何言ってるんだ。俺は口出ししたことはないぞ」

「これからのことよ」

「当たり前だ。何でそんなことを言うのだ」

「お願いね」

そう言うと、京子は静かに勉の前から消えた。

その頃から、志津の様子に少し変化が現れた。曜日や時間を頻繁に聞くようになった。

京子は実家にいる時、家事をしながら志津との話をつないでおくように心がけたが、志津もまた、京子の一挙一動を目で追うようになったものの、もう洗濯物の干し方や食器をしまう棚などにうるさく口をはさむことはしなくなった。そしてふと気がついたように、今日は何日なの、何曜日なのと何度も聞かれると、京子は逆らわずに答えるが、しばらくすると、また同じことを聞く。

「おばあさんさっき聞いたわよ」

「あたし、忘れっぽくなったのね」

京子はその時、志津は今、途方に暮れているのだと思う。自分の存在がひび割れて徐々に解体され、やがて大河の果てに押し流されていく、生き物の本能のような予感が志津の内部に点滅しているのだろうか。日にちや曜日とは、志津と現在をつないでおく岸辺の一本の葦かもしれない。

今度は時間を気にするようになった。あまり頻繁に聞かれると、さすがの京子も、黙ってテレビの上の時計を指さして、

「自分で見なさい」

と言うと、志津は首をすくめて、いたずらっぽく笑った。

やはり志津は寂しいのだ。元気だった頃は、耳の遠い孝平に対して大声で話しかけたが、もうそんな気力は失せている。夫婦の会話は孝平からの一方通行で、それもお説教じみた面白くもない話ばかり聞かされ、夫婦の気持ちの通った会話はできなく

なっていた。

京子は家事が一段落すると、部屋の片隅でしょんぼりしている志津に、なるべく話しかけ、そして叱る時は声高に、やっぱり京ちゃんらしい、と志津に思われるやり方で叱ることにした。

第三章　ゆるやかな変化

ゴールデンウィークを過ぎたある休日、京子は用事があって落合の実家へ行くことになった。毎年この季節になると、家の入り口に植えてあるつるバラが、枝を伸ばして隣の庭を汚すので、京子が枝を払うことになっている。

梅雨の前触れのぐずついた空がすっかり晴れ上がり、京子と勉の住む団地の朝のベランダには、目の覚めるような透明な陽が注いでいる。鼻歌を歌いながら洗濯物を干していた京子は、いざ出かける時刻になると、案の定ぐずぐず言い始めた。

「何であたしが行かなくちゃならないの。ほかの人に頼めばいいのに」

「ボランティアと思えばいいじゃないか」

「あなたは気軽にいってやれというけど、ほんとうは一人でのんびりしたいのでしょ」

京子の不満は一旦火がつくと、不満が一人歩きして、ところ構わず火をつけて歩いているように見える。この春、楽しみにしていた旅行を中止したことから風呂場のかびのことまで並べたてられると、勉は、今日一日の休息が急速にしぼんでいくような気がした。

「あなたは最近行ってないでしょ。一緒に行きましょうよ」

山下は月に一度、横浜から母の好きな菓子折りを持ってやってくる。水野も仕事で近くを通ると、必ず顔を出した。勤め人の勉に京子がそれを強制することはないが、せっかくの休みなのに、自分だけに用事があることに不満だったのだろう。結局勉は妻のわがままを受け入れることになった。

がらんとした路上に人影がなく、旅支度の老夫婦がバスを待っている。

「帰りに吉祥寺で食事をしましょうね」

京子は機嫌を直していた。

「あら、自転車がないわ。整骨院へ行ったのかしら」

京子は家の中の土間に立ち、ひときわ大きな声で呼びかけた。

「おばあさんこんにちは」

京子の声が聞こえる明るい方をじっと見つめる志津の姿が、障子の隙間から見えた。

京子は志津が袖を通しているカーディガンの襟元を直しながら、志津のそばに座った。

「すっかり夏姿になって」

「この間、妙ちゃんが来て、夏物を入れ替えてくれたの」

「あら、そう。律ちゃんは来たの」

志津はかぶりを振った。

「電話はあったの」

志津は同じしぐさをした。

京子は台所で買い物を冷蔵庫へ入れ、お湯を沸かし始める。

「あたしがお茶を入れなくてすまないね」

志津は勉にすまなそうな顔をした。

「おばあさんはそこにじっとしていればいいのよ」

台所から京子の声がした。

勉は志津の正面に座り、すっきりと夏姿に衣替えした志津の姿を眺めながら、

「おばあさん、少し元気になったみたいですね」

「それが相変わらず食べたくないのよ。だんだん力が抜けていくみたい」

表情に乏しい志津は、普段とあまり変わっていない様子だが、目元のあたりがトロンとよどみ、内に病を抱えていることが歴然としている。

「あたしね、今でも吉野のことを思い出すの。吉野はよかったね」

口数の少ない婿に気を使って、志津はこの前と同じことを言った。

十年ほど前のこと、勉が計画して八人で吉野へ旅行したことがあった。桜の散った後の静かな吉野路を散策し、翌日五条からバスで十津川を通り、勝浦温泉に出た。半

日かけたバスの旅は山また山の連続で、さすがにみんなうんざりしたが、志津だけは深い渓谷をのぞいたり、山間の集落が後方の山影に消えてゆく様を身を乗り出して追ったりして、飽くことなく車窓を眺めていた。あんなに楽しい旅行はこれまでなかった、と言うのが志津の口癖である。

志津は有名な寺社や景勝地の観光にあまり興味を示さず、バスで山間を走り抜けたり、見知らぬ街の家々の軒先が、手に触れたりするようなところを通り抜けることが好きだった。自然の大きな懐に抱かれた人間の小さな営みに、旅の感動を味わった。孝平が老い先や人の死について慎重に構えていたのに対し、志津は、人の死というものは、路傍に佇んでいると向こうからやってくる。それを待つだけである。死は挨拶のいらない訪問者であり、そのために多くが語られるのは無用のことだ。静かな志津の表情は、そう語っているように思えた。

三人でお茶を飲んでいると、自転車の音がして孝平が帰ってきた。

「あら、帰ってきたわ」

孝平はのんびり構えている二人を見ると言った。

「さあ、植木いじりは午前中に終えないと」

「いまお茶を飲んでいるところなの。これからやるわよ。さあといえば、さあなんだから」

孝平に先回りされたことで、京子はぷりぷりしながら、テーブルを片付け始めた。

孝平と京子の二人、父と娘の会話がホームドラマのような賑やかさになる。洗濯物を抱えた京子に孝平は、

「それは俺がやるからいい。二人でバラを切ったら、そのあたりの草をむしってくれ」

そう言いながら、孝平は廊下の隅で洗濯機を回し始めた。

仕事との縁を切り、病んだ妻を抱えた孝平は、徐々にこの生活に慣れてきた。山下が送ってくれた新式の全自動洗濯機の扱い方を覚えて、今では家事が一日の主要な仕事になった。もともと仕事の段取りはお手のものだったから、万事手際よく済ませ、

孝平と京子の作業も一時間ほどで終わった。その後京子は、奥の部屋を掃除したり、布団を干したり忙しく動いていた。

勉はやることもなく、志津とテレビを見ながら一服していると、目の前に孝平の燃えさしのタバコから紫煙が立ち上っている。作業の合間に孝平はそれをふかしながら、

「仕事を辞めてから、タバコの味がすっかり変わったな」

と言って、まだ長い燃えさしをもみ消した。勉はその気持ちが分かるような気がした。

主夫業になった孝平は、緊張もない、休息もない、さざ波の立つような日常の中で、習慣的にタバコを手にしているにすぎない。以前のように、よその庭先であれ、アパートの仕事場であれ、仕事の一区切りの後の一服には一人天下の趣があった。あのマジックのような快感は、もう孝平に訪れないかもしれない。

そばを頼みに行った志津が途中で話し込んで、そば屋の店員と一緒に入ってきた。そして四人で遅い昼飯にした。

「妙ちゃんはこの家に来ても、あまり下に降りてこないね」

神奈川に住む妙子は十日に一度この家に来ると、翌日志津を医者に連れていくことにしている。妙子は孝平とは良き話し相手であったが、志津とは性が合わなかった。苦労した志津に言わせると、理屈が多すぎて親子の情が伝わらないということになる。妙子はもともと自分から話題や雰囲気をつくりだすタイプではないので、陰気な老人のおしゃべりに気が進まなかったのだろう。

「不満があったって、自分の娘じゃない」

「そうだ、そうだな」

「律ちゃんとあたしは普通に世間と付き合っているでしょ。あの人にはそれがないの。自分に籠もっちゃうのね」

「まあ性格だな」

「こんな状態だと、あの人は早くぼけるわ」

「おいおい、ばあさんがぼけて、娘がぼけたら俺はどうするんだ」

一瞬みんなの口からずっこけた笑いが起こったが、その笑いはそれぞれの胸の中に神妙に収まった。再びそばをすする音が部屋に満ちる。

それから孝平が口を開いた。

「京ちゃん、秋になったらおばあさんを甲府へ連れていこうと思っている」

「あら、それはいいわ。あたしたちも一緒に行くわ」

「そうしてくれるかい」

京子は、そばを食べている志津に声をかけた。

「おばあさん、楽しみができてよかったね。大好きな弟にも会えるし。甲府から電話があったかしら」

志津は箸を置いて、そっけなく言う。

「このところないね。横浜や横須賀の妹たちにもないらしい」

「おじさんはまた悪いのかしら」

「佐久夫はまた入院したらしいけど、迷惑かけまいとしているようだから、そっとしておくのよ」

それから間もなく志津と妙子の衝突が起こった。十日に一度、落合の家に来て、志津を医者に連れていくのが妙子の役目である。その日の朝、志津は珍しく着物で行きたいと言い出したが、夏の着物に似合う単帯が見つからない。娘たちはこれまで誰も母の箪笥に手をつけなかったので、志津に言われるままに、箪笥や二階の衣料箱を探したが見つからなかった。改めてもう一度箪笥の引き出しを調べると、名古屋帯の下にあった。

「ここにあったじゃない」

妙子が腹立ちまぎれに見つけた帯を志津の方に投げると、

「母親に向かってなぜ物を投げる」

と、志津は血相を変えて怒った。

帯は二人の間を何回か往復したが、孝平はなす術がなく、茫然とそれを見ていたという。二人の言い合いはタクシーを待つ間、道の両側でも続けられた。

老夫婦が向き合い、無言のうちに過ごす長い時間の中で、二階の妙子が目の前にぶら下がった奇妙な存在であることは想像できる。その不満が膨れ上がり、帯の一件が引き金になって志津の気持ちが破裂したのだろう。

数日後、孝平はその時の様子を京子に話しながら涙ぐんだ。

「俺からあれこれと言えないが、来てくれる以上はもっと親身になってほしい」

それを聞いて京子は強い口調でやり返した。

「それはあたしに言うことではないでしょ」

孝平は黙った。

孝平は志津の底力に驚くとともに、その後に来る病状を心配した。一方、京子は別のことを憂慮していた。律子が当てにできないうえ、もし妙子が落合の家に行かなくなったら、その負担が全部自分にかかってくる。それを恐れたのである。

家に帰って、早速妙子に電話すると、受話器の向こうに明るい声が響いたので、なぜか救われたような気がした。

「とうとうやっちゃったのよ。あの人はわがままだからね」

どちらがわがままなのか、この際どうでもよかった。

「あたし、あんたが行かなくなったらどうしようかと、それぱかり考えていたわ」

「そんなことないわ。あんた一人に押しつけることなんかしないわよ」

一件落着で安堵したものの、うちの家族は何をするにつけても、洗濯板を滑るようなもどかしさがある、とつくづく京子は思った。


志津を甲府に連れていく話は、その後一向に進展しないまま、季節は晩秋に入った。その矢先、佐久叔父の訃報が届いた。入退院を繰り返していたが、詳細は知らされず、親戚たちにとっては突然の悲報だった。

「やっぱり田舎の叔父さんが呼んだのよ」

その夜は慌ただしく電話が行き交い、翌朝九時には、両親と娘三人の五人は車中の人になった。

志津は弟の死を覚悟していたらしく、それほどの動揺を見せず、一人窓ガラスに顔を寄せて、ぼんやりしている。列車が相模湖を過ぎると、車窓は谷間の紅葉を映しながら心地よい速度で進行し、話に夢中の四人も、時々気がついたように、車窓に目を凝らした。

志津はこの路線をこれまで何回となく利用してきたが、昔の引き込み線の方が、ゆっくり景色を楽しむことができた。一番辛かったのは、孝平の実家に疎開させていた京子を引き取りにいく時の乗車であった。

百日咳で微熱が続いていた小学生の京子から、東京へ帰ってみんなと一緒に死にたいという手紙をもらい、すぐに飛んでいった時のことである。煎じ薬を飲ませただけで医者には診せなかったらしく、近くにある志津の実家も出すぎたことは控えていた。

志津は舅姑に気に入られていたが、その時ばかりは毅然として京子を連れ帰ったという。

故人は酒と政治にまつわる逸話でよく知られていた。公的な弔問も数多くあったが、参列の大半は一族や縁者で占められていた。はからずも一族再会の場となって、女たちは抱き合ったりして、そこかしこに華やいだ挨拶が繰り広げられた。

貧乏の子だくさんでありながら、志津と佐久夫は、長女と長男として苦難の時代をいたわり合ってきた。おのずから兄弟姉妹の結束が固くなり、次の世代になっても、いわゆる血の濃い関係を維持してきた。

孝平も長女のつれあいとしての立場から、いろいろ相談に乗ってきたので、親戚の間では一目置かれていた。疎開していた頃、小学生だった女の子たちが、今では中高生の母になっている。その一人が孝平を見つけると、「おじちゃん、しばらく」と言って孝平の膝に泣き崩れた。孝平は無言のまま優しくその肩に手を置いた。志津は遠縁の腕白な幼馴染みと五十年ぶりに再会し、悪たれを吐《つ》き合って周りをハラハラさせたが、姉としての立場を損なうことはなかった。

一日目は湯村温泉に宿を取り、二日目は孝平の実家である孝平の兄の家に泊まった。

孝平は年の離れた兄と二人兄弟で、兄は戦前に死んでおり、一人息子の重雄が実家の跡を継いでいる。親族は孝平と重雄の二人だけで、重雄は戦後間もなく復員すると、孝平に内緒で家屋敷を処分し、駅の近くに食料品店を開いた。経済的には成功したが、このことが孝平の逆鱗に触れ、長いこと疎遠になっていた。

その夜、新居の二階で重雄夫婦の温かなもてなしを受けた孝平は、終始上機嫌だった。疲れている志津を先に休ませ、夜遅くまで談笑が続けられた。

戦前、出征する前日、軍服姿の重雄が孝平に暇乞いに現れ、その夜家に泊まっていったことを、子供だった京子はよく覚えている。孝平と重雄の屈託ない話しぶりを見ていると、父もまた、田舎に帰らねばならない理由があったのではないか。京子はそう思った。

第四章　夫婦と親子

明くる年の二月の寒い朝、不意に電話が鳴った。眠りの底を揺るがすようなベルの音を勉は夢の中で聞いたが、京子の反応は素早かった。声を抑えて一つ一つ応答する様子には、ただごとではない気配が感じられた。

「あたしもすぐ行くわ」

彼女はそう言って受話器を置いた。

「いま父から電話があったの。母の様子がおかしいですって。昨夜は一睡もしなかったみたい」

勉もすぐ起きて、布団をたたみ始める。

「このままおばあさんは、死んでしまうのかしら」

ふと涙ぐむ京子は、気を取り直して、

「あなたには黙っていたけど、この間から失禁が始まったのよ」

志津はその自覚がないためか、それを認めようとしなかった。女としての最後の鍵を渡したくなかったのだろう。いずれ何らかの処置を、と考えていた矢先のことだった。

「もし緊急のことがあったら、会社へ電話するわ」

そう言い残すと京子は慌ただしく出て言った。

勉は一人食事をしながら、来るべきものが来たという緊張感よりも、一人の人間の生死の境目に、自分が置かれていることに軽い興奮を感じた。午前中は何事もなく、会社の近くで食事を済ませると、落合の家に向かう。ビルの間の明るい陽だまりの道を歩きながら、自分が手持ち無沙汰の格好で歩いているのが、いかにも不自然な感じがしたが、人の生死の重さを量りかねているうちに、落合の家の前まで来た。家から律子の息子の明人が現れた。

「おばあさんの様子はどう」

「少し落ち着いてきました。娘たちにすっかり甘えていますよ」

ひげ面の顔に意味ありげな笑みを浮かべて、彼は帰っていった。

土間に立ちそっと障子を開けると、いつもの賑やかな居間は薄暗く、孝平と山下がぼんやりテレビを見ている。奥の部屋はこうこうと明るく、障子にゆっくりと人影が動いている。まるで暗い海に忽然と現れた光明の世界が、今まさに船出をしようとしているようだ。勉はその時、志津はこのまま死んだ方が幸せではないかと思った。

志津は妙子に抱き起こされ、水差しで牛乳を飲んでいる。勉を見ると、

「いろいろすまないね」

と、弱弱しい声で言い、また体を横にした。

台所から律子が手を拭きながら入ってくると、

「あたしたちが家に入った時は、顔が青白かったの。みんなが来て賑やかになったでしょ、だんだん赤味が差してきたわ」

そう言いながらこれまでの経緯を説明した。

「ねえ妙ちゃん、夕飯のお米はどのくらいにしようか」

「今夜はおばあさん抜きの七人分でいいわね」

「おばあさんにはおいしいお粥を作ってあげるからね」

志津を囲む娘たちの振る舞いはいつもと違っている。どこか幼い頃の記憶の淵を歩いているような、のんびりした優しい心遣いが見られた。

勉が部屋を出ると、京子が小声で耳打ちした。

「あなた、余計なことは言わないでね」


今年の新年会に妙子と勉が、志津を入院させた方がいいのではないか、と孝平に進言したことがあった。何回か押し問答があったが、孝平は首を縦に振らなかった。年寄りが一旦病院に入ると、薬漬けにされ自宅に帰れないまま無残に終わるものだ、というのが孝平の持論であり、長年連れ添った志津を最期まで見届けてやりたい、という強い願望があった。

「お前たちには分かるまいが、夫婦というものはそういうものだ」

耳の遠い孝平とは、絡み合った糸をほぐすような微妙な話までにもっていくことができず、これ以上の説得は困難であった。

「それはおじいさん個人の利己的な考えでしょう。おばあさんの本当の気持ちはどうなんです」

勉の言ったことに対して、孝平は腕組みしたまま考え、

「確かに俺は利己的かもしれない。そう言われても仕方がない」

と言って黙りこんでしまった。もともと議論とか口争いを好まない京子は、改めて勉に念を押したのである。

しばらくして勉の一人息子の俊彦が入ってきた。仕事の関係で板橋にひとり住まいをしているが、三鷹の両親の家にはほとんど帰らない。ぶすっとした顔つきで、母の京子を睨むと、

「だいぶ、話が違うじゃないか」

そう言って奥の部屋に入った。

「おばあさん、俊彦が来たわよ。あんたは一番遅くまでお小遣いをもらっていたのだから、しばらくそばにいてあげなさい」

障子の向こうで律子の声がした。

それから仕事に区切りをつけて水野が帰ってきたので、みんなで炬燵に集まり、三時のお茶にした。俊彦だけが奥の部屋に残った。

「こういうことって初めてなのよね。電話を聞いてすぐ出かけたが、車がすいていてよかったわ」

「電話を受けた時足が震えたわ。おじいさんは辛かったでしょう」

「あたしたちは新宿でいろいろお弁当やパンを買いながら、もしものことを考えて、気が気じゃなかったわ」

孝平はまだ緊張が解けないのか、浮かぬ顔でタバコを吸っている。お互いに気分がほぐれて、いつもの軽い雑談に耽っていると、帰り支度をした俊彦が上り口に立っている。

「あら、帰るの」

京子が腰を浮かすと、俊彦は京子を見てぶっきらぼうに言った。

「俺はおばあさんの葬式に出ないからな」

「あんた何言っているの。死んだわけではないでしょ」

「死んだらの話さ」

京子は反射的に立ち上がり、

「あんた自分の言っていることが分かっているの」

「三人も娘がいて、今まで何やってきたのさ。もっと早く入院させれば、こんなことにならなかった。これは三人の責任だぞ」

「ちょっと待ってよ。おじいさんの許可がなければあたしたちは何もできないじゃない」

「何でおじいさんが出てくるのだ。これはおばあさんの命の問題だろう」

「勝手にしなさい。あたしたちはこの家に一番いい方法を考えてやってきたんだから」

母と子の激しいやり取りに座は静まり返った。その時、横になっていた孝平が上体を起こして、俊彦の方へ向くと、静かに言った。

「お前の言うことはよく分かった。お前には優しいおばあちゃんだけど、俺には大切な女房なんだ。夕方先生が来るから、よく相談して入院させるようにする。だから安心してお帰り」

「もし何かあったら、俺は三人を恨む」

俊彦は捨て台詞を残して帰っていった。

「あいつもだいぶ大人になったな」

孝平はまた横になった。

とんでもないところから飛んできたボールを受けそこなった京子は、顔いっぱいに口惜しさを浮かべている。

「あまりカリカリしなさんな。あんたの息子の言うことにも一理あるわ」

「実際問題として父親抜きでは何もできないけど、それにしてもよく言ったわね」

妙子と律子は顔を見合わせて、人ごとのようにおかしそうに笑った。


夕方、母のかかりつけの梅津先生が夫人同伴で訪れた。看護婦である夫人は手際よく点滴の準備にかかり、先生は入念に母を診察した。結果はひどい脱水状態だった。血中酸素が少ないため血が固まりやすく、このまま放置すれば、再度の発作が命取りになりやすい。すぐ入院の必要があるとの診断である。

先生に心当たりを探してもらったところ、以前先生が院長を務め、現在友人が引き継いでいる目白の病院に決まった。そこは十五年前、志津が尿毒症で死線をさまよい、梅津先生に奇跡的に助けられたところでもある。それからというもの、志津は先生の転勤する先々まで通って、親しく診察を受けてきた。

「これも何かの縁だわ」

誰もがほっとしながら、つぶやいた。

腎臓について執筆した自身の著書もある先生は、豪胆な反面気難しいところがあり、これまでの経歴の中ではいろいろと苦労があったが、先年、小田急線沿いに自分のクリニックを開設し、小さな自分の城の中で、悠々と診療生活を送っている。

先生は老人の医療は夫婦一緒にすべきであるとの持論から、孝平にも来院を勧めたが、孝平は一向に応じることがなかった。孝平もそんな長年の不義理を意識してか、先生にふかぶかと頭を下げた。

入院は明日の午後一時に決まった。

入院が決まると、志津は気持ちが落ち着いて点滴を受けながら、すやすやと軽く寝入っている。頃合いを見て酒と寿司が出され、大柄な恰幅のいい先生と小柄な夫人の前で、妙子が代表してお礼の言葉を述べた。

「お忙しいところありがとうございました。入院のこともお世話いただき、本当に助かりました」

「おばあさんとの付き合いは長いからな。かれこれ十年以上だろう」

「いや、十五年になります」

京子はお酌をしながら応えた。

「あの時、あたし先生に怒鳴られたんです。こんなになるまでなぜほうっておいたのだって。今でも耳元に残っています」

「そんなことがあったのか。今だから言うけど、僕も自信がなかった。三分の一の可能性というところかな。奇跡的回復というのはいろいろな条件があるけど、根本は本人の生命力だよ。いまおばあさんの腎臓は何でもないよ」

それから先生はさらに続けた。

「年を取ると、血液の酸素が減って血が固まりやすくなり、それがトラブルを起こす。水分を取れということは、そういうことだな」

夫人は静かに寿司に手をつけたが、先生は盃をうまそうに重ねた。

「実は僕は糖尿病ですよ。紺屋の白袴みたいなものだけど、これだけはやめられないな」

そう言ってみんなを笑わせた。機を見るに敏な女たちは、それから気分が盛り上がり、座がいっそう賑やかになっていった。

これまで黙っていた律子が身を乗り出すと話しだした。

「先生、あたしどうしても忘れられないことがあるのです。母が例の尿毒症で入院した時のことですが、あの頃主人の仕事が忙しくてね、それでも母が心配で、朝方タクシーでこの家に来ると、父は仕事で不在でしょ。母が寝ている枕元には、冷たくなったご飯と味噌汁と豆のつくだ煮がお盆に置いてあるのよ。それを見てあたしは、ぼろぼろと涙が出たわ。お金もないわけじゃないし、どうしてこんなことになったのかしらと思うと、ただ悔しくてね。父が帰るのを待って直談判したわ」

このくだりになると、律子はいつも涙声になってくる。もっとも孝平の言い分もないではなかったが、その後の経緯をみると、沈黙するほかなかった。

この話には、もう一つの話がセットされている。

昨年、死んだ佐久叔父が、甲府から見舞いに来た時のことである。志津の枕元で黙って酒を飲んでいると、志津は高熱にうなされながらも、手伝いに来た京子に言った。

「佐久夫に、もう一本つけてやっておくれ」

叔父はいい気分に酔っていた。

「姉やんにもしものことがあったら、俺は兄貴に対し、黙っちゃいないからな」

志津の枕元で怪気炎を上げると、叔父は足元をふらふらさせながら帰っていった。


冬晴れの朝、明るい日差しがレースのカーテンにまつわり、白い炎を上げている。

一人でゆっくり食事をしながら勉は考える。

今日一時になると、志津は救急車で病院に運ばれ、ベッドに収容されるだろう。ただそれだけのことで、男たちの出る幕はないのだ。だが山下は今日も来ると言った。昼までに行けば、またみんなで食事ができるかもしれない。

落合の家の土間に、大きな段ボールが置かれており、水野が腕組みしながらそれを眺めていた。

「何ですか、これは」

「妙ちゃんが区役所へ行って紙おむつを申し込んだら、今朝届いた」

おむつをぎっしり詰め込んだのか、段ボールの四面は膨張して奇妙な形になっている。それは土間の真ん中で動じがたいほど強い存在感を誇示していた。

「えらいものを送ってきたものだ」

勉も腕組みをしながら、

「福祉時代になると、おむつも堂々たるものですね」

二人で感心していると、律子が障子を開けて顔を出した。

「それは引き取ってもらうから、隅に寄せておいて」

家の中は入院の準備も終わり、持参品は三つに分けて上がり口に並べられ、そばで妙子が笑い転げている。以前母が入院していた頃に使用していた洗面器の底が、ぱっくり裂けている。

「これだめよ。あんたよく見なかったの」

「ちっとも気がつかなかったわ」

「いいわ。あたしが買ってくるから。この洗面器はよく覚えているのよ。あの時は辛かったわ」

京子はそう言いながらピンク色の割れた洗面器の底を撫でている。

志津の入院が決まってから、みんなの気持ちが一つになり、家の中は慌ただしく活気がある。やがて山下も来たので、昼食にすることにした。

みんながざるそばやうどんを注文したが、朝食がパンだった勉は天丼にすると、

「何であなたが天丼なの」

早速京子が噛みついた。

「いいじゃないの。好きなものを取って」

結局天丼二つ、親子丼二つ、ざるそば三つになった。

家の中の慌ただしい物音を耳にしながら、志津は奥で静かに休んでいたが、束の間、

娘たちを呼んでは何かと話しかけた。

午後一時きっかりに救急車を呼んだ。一分ほど過ぎると、蚊の鳴くような微かな響きが伝わってくる。みんなが一斉に聞き耳を立てていると、近くの路地に入ったらしく、にわかに甲高いサイレンに変わった。

救急車が到着すると、二人の隊員が担架を持って部屋に上がり、志津の側面に担架をぴたりとつける。それを遠巻きにみんなが囲む。一人は担架の紐をほどいて整え、一人は手早く志津に体温計を当てながらいくつかの質問をする。

年齢は、名前は、一から十まで数えて。子供は何人と聞かれた時、志津はばからしくなったのか無言でいると、前に座っていた山下が「三人」と答えたので、大きな笑いが起こった。妙子の金切り声が飛ぶ。

「あんたが答えちゃだめなの」

さすがに隊員も苦笑し、志津も口元を緩ませた。

担架に乗せられた志津について、みんなも入り口まで来たが、孝平だけが部屋に残り、一人泣いているように見えた。

娘三人はそれぞれ荷物を抱え、ぞろぞろと隊員のあとについて車に乗った。

「行ってもしょうがないな」

と言いながら、男たちもタクシーであとを追った。


妙子を病院に残して、夕方に律子と京子が落合の家に帰ると、律子があらましを孝平に報告した。

「最初は八人部屋に入れられたけど、廊下を挟んだ二人用の個室で、ベッドが一つあいているので、そこに移してもらった。この前のおじいさんたちのいた部屋の隣よ」

「ああ、あの部屋か」

志津が尿毒症で入院していた時、孝平も風邪をこじらせたので、面倒のないように、二人用の個室に、志津と孝平は三週間一緒にいたことがあった。

「医療費はかからないけど、個室は一日五千円、何割か戻ってくるけど、それでいいのね」

「ああ、それでいい」

律子はきちんと説明して、孝平の了解を取った。

しばらくして孝平は、

「うちのおばあさんは金食い虫だな」

「でも自分の女房だから、いいじゃない」

「そりゃそうだ」

そばにいた勉は、別のことを考えた。

家人の誰かが入院すると、医療費ばかりでなく、それに伴って生活が変化し、支出が大幅に増えていく。入院加療の病気は一種の災害である。常々コツコツと蓄えたものが、ある日突然の強風にあおられて、一気に崩れ去る。それは日常生活のペースをはるかに超えた強い力で、生活を根こそぎ持っていってしまう。医学の進歩は人間の命を口実に日進月歩の勢いがあるが、医療そのものが金食い虫なのだ。義父はそう言いたかったのだろう、と勉は思った。

第五章　入院

志津が入院すると、ベッドの脇にいろいろな機材が持ち込まれ、点滴や酸素吸入が行われた。相変わらず失禁が続いていたので、看護婦によって手際よく処置され、その袋がベッドの金具に看護日誌と共に下げられている。

その時に黴菌が入ったのか、二日間ほど熱を出したが大事に至らず、酸素吸入器も数日後に取り外されたので、志津はやっとベッドの上で寝たり起きたりできるようになった。

一度寝込んだら最後、二度と起きられなくなるという孝平の脅かしからも解放された志津は、この軽装備に囲まれた清潔な空間で、何かしらホッとした様子が見られた。

一カ月間は娘三人が交代で介護することになり、長女の妙子がトップバッターとして病院に残ったが、三日目にダウンしたため、四泊五日の予定から二泊三日に切り替えられた。

別に何もすることのない一日が終わると、ベッドの下から補助ベッドを引き出して休むが、なかなか寝付かれない。咳払いやひそひそ話が、深夜の森のざわめきのように神経を逆撫でする。そしてこの時刻になると、きまって同室の老女の独り言が始まり、うとうとしながら朝を迎える。妙子は診察室で注射を打ってもらい、あたしも入院したいわ、とぼやきながら帰っていった。


「ボランティアに行ってくるか」

そう言いながら出かけていった京子は、目をくぼませて帰ってきた。ひと風呂浴びて自分の椅子に座り、水割りを口に含むとすぐ元気になり、病院の土産話を一部始終話し始める。勉はご苦労の気持ちから、しばらく京子の話し相手になる。

ある日、京子は帰ってくるなり、着替えを済ませると、

「今日あたし、おばあさんにリハビリしたのよ」

京子は横になると、両手の力と肱をうまく使って上体を起こす動作をしながら、

「あなたが入院したら、あたしが介護するわ」

と得意そうに言った。またある時は、こんなことも言った。

「今日はおばあさんのお尻をピンピンしてやったの。まったく言うことを聞かないんですもの」

京子の嬉しそうな顔は病院の付き添いを楽しんでいるように見えた。状況に慣れやすい京子は、付添婦たちと顔なじみになり、何かと相談したりおしゃべりしたりして、それなりに過ごしている。

付添婦たちは派遣会社によって幾つかのグループに分けられ、その勢力関係も京子の関心の一つである。現在は秋田県のグループがよくまとまっていて、その中心人物がよく志津の部屋に出入りする。それを聞いた律子が、

「その人よりさらに上の人が男部屋にいるらしいわ。無駄口を利かないけど、にらみが利くそうよ」

看護婦たちがいつも親しそうに話しかける同室の玉ちゃんは、志津より二つ上で八十四歳になる。色白で小作りの顔立ちにきつそうな目元の、どこか品のある老女であるが、一旦口を開くと、可愛らしい童女の口調になり、その落差が病の深さを表している。

玉ちゃんは築地のれっきとした食品問屋の女社長であり、店の運営は娘婿たちに任せ、本人は観劇やお稽古ごと通いの優雅な生活を送っていたが、ある日、家の階段から落ちて頭を打ってからボケが始まったと聞いている。

人知れずこの遠隔の病院に入れられ、毎日娘が交代で夕食を運んでくる。ベッドの傍らで、お話ししながら時間をかけて食べさせ、母親が寝入るのを見届けて帰っていく。

ところが、ひと眠りした玉ちゃんは、パッチリ目を開けて消灯後の暗い天井に向けて独り言を始める。透き通る声がゆっくりと一定の調子を保ちながら、まるで御詠歌のように暗がりにしみわたっていく。

「あたしが死んだら誰さんと誰さんにきっと分けてね。それから誰ちゃんにも少し分けてあげてね」

昼間、付添婦がそれとなく聞くと、玉ちゃんの話に出てきた人はみんな、鬼籍の人だったという。長年の一族の暗闘の構図が見え隠れするが、話の内容はいつも似たり寄ったりのものである。

玉ちゃんの語りは、時々あらぬ方へ脱線し、可愛らしい口元から突然卑猥な言葉が飛び出すことがある。周囲から声をひそめた笑いや怒声のざわめきが立ち、あわてた看護婦が注射器を持って飛んでくる。

陽気がよくなる頃、彼女は三日間の帰宅が許され、廊下ですれ違う人ごとに、満面に嬉しさを浮かべてそのことを伝えていた。

志津はそのような騒ぎとは無縁の人だった。来る日も来る日も、ベッドの上で寝たり起きたりするだけで、意思を失った人のように無言であった。家であろうと病院であろうと、母のところに帰ることに変わりはないと自分に言い聞かせてきた京子は、そんな志津を見つめながらだんだん心細くなり、玉ちゃんのようにボケてもいいから、みんなに可愛がられる人になったら、と思うことがある。

一カ月が過ぎて娘たちの任務が完了し、新しい付添婦が来ることになった。新しい人は年齢が七十歳近い、人の良さそうな老女で周りの者はホッとしたが、なれなれしく茶道具や衣類を整理する彼女を見て、志津は、

「うちのものに勝手に触らないでくれ」

と言って彼女をびっくりさせた。しかし、事情を知ると志津は納得し、その人柄が気に入って、二人は終日睦まじく過ごすようになった。

ところが一週間後、彼女は病院側の指示で突然交代させられた。経験が乏しく、志津のリハビリに適格でないと評価されたのである。

今度は四十歳台の後家さんがついた。秋田グループの一人で、志津への態度や洗濯物の干し方などにきつい性格が見られ、娘たちも期待半分不安半分で見守ることに

なった。

「おばあちゃん、ゆっくりでいいからそのお皿のものは全部食べるのよ」

新しい付添婦の一歩も引かない強い態度に、志津は意外にも素直に従った。

その頃孝平は、志津の看病に向けられた時間をそっくり自分の休養にあて、気ままな生活を送っていた。仕事を辞めてから一時は肥ったが、自炊が節食につながり、体全体が一回り小さくなった。艶のある顔は皮膚がそのままたるんで皺を刻み、よちよちした日常の所作はまぎれもなく老人の姿になった。膝の負担は軽くなり、いつの間にか娘たちの前で痛い、と言わなくなった。

毎朝自分で作った食事を済ませると、ゆっくりと隅から隅まで新聞を読む。穏やかな午前は、倦怠に満ちた午後に受け継がれ、何ということなく一日が終わる。入院している志津の様子は、娘たちから逐一報告を受けており、少し安心したのか、家から動こうとしなかった。

だが、ある日突然、孝平はバスで病院にやってきた。そして一度来始めると毎日のように通い、夕食まで志津のそばでべったりと過ごし、志津が食事を残すと、それを食べて帰っていく。病院に慣れてくると、孝平は付添婦に、志津に毎朝牛乳をやってくれなどあれこれ注文をつけるようになったが、彼女が薄笑いを浮かべて実行しなかったため、自分が無視されたと思い、だんだんと足が遠のいていった。

娘たちの目からも孝平の振る舞いはハタ迷惑であることは明らかであり、孝平のことよりやや上向いてきた志津の病状に、もっぱらみんなの関心が向けられた。

その少し前のことである。玉ちゃんが三日間の里帰りを終えて帰ってきた。ぐったりした体を運転手に抱きかかえられてベッドに収まったが、丸一日ぐっすり眠り、翌日の夕方になってもまだ眠り続けた。夕食を持参した玉ちゃんの娘は、ベッドのそばで、無心に眠る母の寝顔を見守り、布団を直したり小声で話しかけたりしたが、一向に目覚める様子がなかった。

「お母さんはとうとうここがお家になったのね」

と母親の前でさめざめと泣くと、諦めて帰っていった。

それから数日後、玉ちゃんは再び変なおばあさんに戻っていた。


その年は桜が開花する頃、花冷えの日が続いたが、その季節が終わると、初夏へと先走るほどのまぶしい陽気になった。その頃、ようやく長い冬眠から覚めるように志津の心身に確かな回復の兆しが現れるようになった。食事も大半を平らげるようになり、ベッドに正座している時間が多くなった。そして午前と午後の廊下の歩行訓練も無難に消化するようになった。

京子が病院へ行くと、志津は迷惑そうに言う。

「あのおばあさんがうるさくてね」

「おばあさん、ほんとうにそう感じるの。やっと元気になったのね」

顔の色つやもよく、表情もしっかりしており、紛れもなく、茶の間に座っている母の姿だった。京子はしみじみした思いで、涙ぐんだ。

間もなく風のない日を選んで、介護付きの屋外散歩が許された。志津は少しずつ距離を伸ばして目白駅のあたりまで歩くようになった。


志津が退院する日、三人の娘たちは病院の待合室に集まり、会計を済ませると、院長室に呼ばれた。物静かな院長は三人に椅子を勧めながら、

「お母さんは完治したわけではないから、これからも月二回の通院は欠かさぬように。もし病状が変わったら、いつでも入院できます」

と言い、その後に続けた。

「私たちの予想よりはるかに速いテンポで回復されたが、これはあなた方の一生懸命な看護のおかげです。老人病に必要なのは、家族の愛情です。温かな手なんですね」

志津はベッドの上で最後の点滴を行っていた。

「おばあさん、今日退院するのよ。家に帰りましょう」

志津はけげんそうな顔つきで、

「帰るって、竜王へ帰るの」

と言ったので三人はびっくりして顔を見合わせた。竜王とは甲府郊外の志津の生まれ在所である。

「おじいさんのいる落合の家よ」

「あたし、よく覚えていないの」

「しっかりしてよ。おじいさんが首を長くして待っているわよ」

娘たちが代わる代わる説明したので、志津は何となく分かったよう顔をしたが、どこかすっとぼけた志津の態度に、娘たちもとうとう笑い出した。

この二カ月間、ベッドの上でぼんやりしていた志津とは別に、もう一人の志津が、内に籠もって懸命に病気と闘ってきた。身近な記憶が遠のいて、最後の拠りどころになったのが志津の好きな田舎の風景であり、その揺り籠の中で、志津は命を守ってきたのかもしれない。

退院の時間まで間があったので、三人は近くの喫茶店で、早い昼食を取ることにした。街路から奥に伸びた店内は、客もまばらで、木目を浮かせたつややかなカウンターがあり、店内にはムード音楽が流れている。入り口の丸いテーブルに着くと、京子は待ちかねたように、タバコを取り出して火をつけた。

「三人が揃うのは久しぶりね」

「やっぱりおばあさんはボケたのかしら」

律子は先ほどのことを気にしていた。

「あれは一時的なものだと思うわ。でもこれからのことね」

妙子はそう言いながらも、梅雨に入る前に山下と金沢へ行きたいと、のんきなことを言う。

「これからどうするのかしら。退院は嬉しいけど」

京子が思案顔で言うと、妙子がきっぱり言った。

「このことはおじいさん抜きに考えられないわ。それを待って決めればいいのよ」

「そう、それが先決ね」

三人は食事をしながら、志津を担当していた看護婦や付添婦のことを話題に、あれこれと屈託のない時間を過ごした。

「そうそう、院長先生が言ったこと。あたしたちの看護のことね。あれはおじいさんに話さないでおこうよ」

妙子が言うと、即座に京子が答える。

「そうよ。そんなこと言ったら、俺がおばあさんを治してやったなんて言いかねないわ」

「あのおじいさんのことだからね、娘の上前を撥ねることぐらい、なんとも思っちゃいないのよ」

律子の言いっぷりがおかしくて、三人は声を上げて笑った。思わず、静かな店内を見回した。

家の前にタクシーが止まると、タクシーの中からまぶしげな顔で志津が姿を現した。

そして戸口に立って、しばらく自分の家を眺めると、ゆっくりとした足取りで入った。家では孝平と婿たちが迎えた。

「お帰りなさい」

志津は孝平を見ると、何やらホッとしたように肩で大きく息をした。部屋に上がると、そのまま神棚の前に立ち、しばらく手を合わせた。

孝平は嬉しそうに言った。

「おばあさんはボケてなんかいないな」

志津はみんなの視線を受けながら、主を待っていた、家でいつも座っていた自分の座布団にひょいと座った。その時、足がつったのか、痛い、と叫んだ。そばにいた律子が一瞬志津を抱えて体を浮かせようとしたが、とっさのことで、志津の両腕の付け根を抱え込んだため、志津はくくり人形のように両腕を上げて万歳をした体勢になった。髪がほつれてゆがんだ顔にかぶさっている。

それを見て孝平が、

「ほうれ、みんな見てみろ。おばあさんが安達ケ原の亡霊になったぞ」

と言ったので、みんなの目が志津に集まり、部屋のあちこちで笑いの渦が起こった。顔をしかめる志津をなだめながら律子が足をさすってやり、京子が髪をきれいに撫でつけてやった。

孝平は志津の退院を素直に喜んだ。

「どうだ、おばあさん。やっぱり家がいいだろう」

志津は黙ってうなずいた。

「俺はもう家に帰れないと思った。夫婦というものは強いものだ」

孝平は自分に言い聞かせるようにしみじみと言った。

第六章　穴蔵に潜む

再び、老夫婦の生活が始まった。退院する時、看護婦や付添婦に囲まれて、家に帰りたくないと言って泣いた志津は、今度は二度と入院などしたくないと言う。今後に対して別に妙案があるわけではないが、孝平はみんなの前で言った。

「俺はまだ元気だから、おばあさんの面倒が見られる。これからも時々顔を出しておくれ」

まずは妥当な結論に落ち着いたので、みんなの間にほっとした空気が流れた。

点滴もなく、温度調整もなく、病人食もないこの家での生活の行き着くところは定まってはいるものの、当面は、薄氷を踏む思いで一日一日を過ごさねばならない。このことは孝平が一番よく承知している。

婿の一人が、

「この際部屋の中を少し変えたらどうか」

と提案した。古びたカーテンを新しいものに変えて部屋の電灯を明るくし、それに安楽椅子を置けば、気分も変わるし体の負担も軽くなるのではないかという。

これに対して女どもはせせら笑った。案の定、孝平から余計な金は使うな、とそっけない返事が来た。

「年寄りの部屋は、手をつけちゃ駄目なの」

店の土間の両側には、畳の新床や材料が廃業時のまま、乱雑に積み上げられている。

いつか妙子が孝平に、

「あの畳を何とかできないの。あたしたちで片付けようか」

と孝平に相談したところ、拒否されたことがある。

「あれは俺の盆栽だ。絶対手をつけるな」

「お葬式の時はどうするのだろう」

誰ともなく言った。

それからというもの、みんな陰でボヤきながらも、そのことに触れようとはしなかった。

退院した頃の志津の高揚した気分は日を追うごとに萎えて、一日を引きずっていくような生活に戻った。それは落ち着くべきところに落ち着いた、波まかせの小舟のような安らかな日々でもある。

志津は全く外出しなくなり、朝起きると、寝床から自分の居場所に移り、テレビに見飽きると、箪笥とテーブルの狭い間に体を横たえて眠る。食事や洗濯はすべて孝平が行った。彼は時々財布を持って魚屋や八百屋の店先をうろうろしたり、冷蔵庫のあり合わせで済ませたり、面倒になると、近くの食堂から取り寄せて食べる。そんな生活ぶりが手に取るように分かっていたが、娘たちは辛抱して見守るほかなかった。

梅雨の終わり近く、明日家に行くことを孝平に伝えた京子は、受話器を置いた後も、ぷりぷりと怒っている。

「何と可愛げのない父でしょう」

「何かあったのか」

「どう元気なの、と聞いたら、俺たちはもう駄目ですって。普通の親なら、何とか頑張っているよ、と言うでしょう。そのあと何と言ったと思う。今度来たら勝手に鍵を開けて入ってくれですって。あなたこの意味が分かる？　家に二人の死体がごろんとしているかもしれない、ということよ」

京子は大きくため息をつき、妙子に電話した時も、このことに触れた。

「あたしも、何が起きても驚かないわ。やることはちゃんとやってきたもの」

受話器の向こうから、妙子の突き放した声が返ってきた。

その翌日、勉と京子は、地下鉄の落合駅から川筋の方へ歩いていた。しばらく歩くと、さびれた商店街にぶつかり、少し右に折れると孝平の家がある。

勉と京子が家に近づくと、孝平がこちらを背にして坂下の方を眺めている姿が見えた。痛む左足をかばって上体を幾分傾け、その姿勢で遠くをじっと見つめている。勉はその時、孝平が目前の風景を食べようとしていると直感した。

家までの道は足元からだらだら坂になって明正寺川に落ち、そこからせり上がって木立の多い下落合の屋敷町へ続いている。梅雨末期の降り急ぐ雨は一時やんで、あたりは明るさが増してきた。低地に垂れ込めて視界を遮っていた濃淡の靄は、初夏の強い日差しにきらめきながら中空に舞い上がり、さながら浄土のような荘厳な光景を現した。

坂の両側の建て込んだ住宅に遮られて、視界は削られているが、孝平の目には昔の緑豊かな景色がそのまま焼き付いている。そこは孝平が、六十年間自転車で走り抜けたところである。

孝平はこの土地を愛していた。できればこれを目に焼き付けてあの世に持っていきたいと願うものの、いくら見つめても、胸の内を満たすことはできない。そんな苛立ちから左肩が微かに揺れているようだった。

二人が近づくと、孝平はびっくりして振り返った。

「ああ、来てくれたのか」

「昨日電話したじゃないの」

孝平は不機嫌な京子を呼び止めて、戸口の椿の植え込みを指さした。

「あら、今頃椿が咲いているわ。返り咲きね」

「おばあさんは長くないぞ」

「また、そんなこと言う」

家の中はクーラーがほどよく利いており、志津は背を丸めてテレビを見ている。京子は志津に顔を近づけると、他人行儀に声をかけた。

「おばあさんこんにちは。お体の調子はいかがですか。きちんとご飯食べていますか」

志津はかぶりを振る。

「駄目よ、食べなくちゃ。いまおばあさんに一番大事なことは、きちんと食べることよ」

志津は黙ってタバコをちぎってキセルに差し込み、うまそうに吸う。まずは平穏な日々を送っているように見受けられた。

志津は座っていることに疲れると、四つ折りのハンカチをテーブルの端に敷き、そこに自分の額を置く。そのうちに今度は、自分の顎を載せて目を閉じる。これは体にかかる頭の重さを軽くする志津の工夫でもある。みんなが集まった時も、志津はこの珍妙な格好で押し通した。とうとう律子が志津に言った。

「おばあさん、何でそんな格好するの。お地蔵さんみたいだけど、まだ仏さんになっていないのよ」

「その方が楽なのよね」

京子がそういうと、志津はにんまり笑いながら元の姿勢に戻るが、しばらくすると、また顎をテーブルに載せている。

貧しい生活の中で育った志津は、孝平と所帯を持ってからも、質素な生活を変えなかった。娘たちのセーターは手編み、簡単な洋服や娘たちに持たせる袋物はみな手作りであったという。それが娘たちの自慢でもあり、不満でもあった。このような生活の端々に見られる志津の創意工夫は、志津の強い生活信条から出たものである。

数年前のことである。勉が志津と話し込んでいると、突然見知らぬ外交員が訪ねてきて、羽毛布団を安くするから買わないかと言った。志津は丁重に断ったことがある。

「ああいう連中がよく来るのですか」

「昼間は、硝子戸を開けているでしょ。気軽に入ってくるのよ」

「それは気をつけた方がいいですよ。こちらが頼んだデパートの返品なんかを、会社へ持っていく前に、売りさばいて小遣いにするそうです」

「あたしはね、あの子たちが可哀想でね。みんな田舎から出てきて苦労しているかと思うと、あまり邪険にはできないのよ」

志津はそういう人が来ると、まず買わない意思を示し、それからお茶を入れてやる。

しつこい人にも絶対に弱みを見せないでいると、だんだん普通の青年になっていく。帰り際に青年がお礼を述べると、そこで志津は、田舎の母親を悲しませることはしないでね、と忠告する。

いつかこんなことがあった、と特殊な事例として話してくれた。

金の強引な売買が社会問題になった頃、一人の外交員が訪ねてきて、金を買うと毎月高い利息がもらえるという。志津が断ると、彼は電話を貸してくれという。それも断ると、今度はトイレを貸してくれと言う。男ならこの先に空き地があると断ったが、どうも家に上がりこんで粘るのが魂胆ということが明白だった。

志津は、もしあなたが強引に上がると、前の店のおじさんがすぐ警察に電話するよ、それでいいなら好きにしなさいと言うと、そのまま帰った。

その翌日、彼の上役が彼を連れて再度やって来た。おばあちゃん、昨日はすまなかったね。こいつ若いから強引なところがあるのですよ。ところでおばあちゃん、これお詫びのしるし、といって菓子折を志津に差し出した。

「あたし、その菓子折を見て腹が立ってね」

上役の軽薄な態度が気に入らなかった志津は、その菓子折に怒りを爆発させたのである。こんな時は、頭を下げて一件落着するのが通念である。何でここに菓子折が出てくるのだ。

この後菓子折は二人の間を往復し、相手は引っ込みがつかなくなってそのまま帰ったが、志津はそれをゴミ箱のふたの上に置いて家に入った。夕方お使いに出ると、何もなかったというから、その菓子折は彼が持って帰ったのだろう。

「おそらくその上役は、商売というものは断られた時から始まる。俺のやり方を見ていろと、いいところを見せたかったのでしょう」

勉は、菓子折に志津の怒りが爆発したことに、日頃の実直な志津とは一味異なる、筋を通す志津の気骨を見た思いがした。

表面では穏やかな老人の生活に見えるが、子細に観察すると、夫婦の心の中には変調の兆しが見られた。神奈川に住む志津の二人の妹から、退院のお祝いに行きたいと電話をもらった時、志津は気持ちが乗らないままだったので、孝平がそれを断った。

孝平と志津の気持ちを優しく包み、引き立ててくれるものはだんだん失われ、親しい人の温情も通わなくなったのだろう。遠くへと潮が引いていくように、長い歳月をかけた人との縁を、一つ一つ断ち切る作業がこの離れ小島で行われていたのである。

やがてこの家に自由に出入りできる者は、娘たちだけになったが、その娘たちさえ、訪ねたものの自分の居場所がないまま、早々に帰ってくることもあった。

「まるで穴蔵よ、あの家は」

そう、大きな穴蔵の中に二つの穴がある。その中にわが身をひそませながら、上滑りしていく時の流れを見つめ、やがて越えねばならぬ彼岸の彼方に思いを馳せているのだろうか。それはぎりぎりのところで生きる人間のしたたかさといえよう。

おのおのが光にわが身を包みながら、孝平も志津も遠い昔に思いを馳せる。これまでの営々とした暮らしの広い海に出て、陽光に輝く一瞬の波頭のきらめきに心を留める。そんな時、ひとひらの記憶が無言のうちに二人を引き寄せ、語り合わせているのかもしれない。

第七章　秋祭り

夏の盛りの、あの靄のかかった炎暑は、九月に入ると吹っ切れたように後退し、空の奥から澄んだ秋の色が現れた。日中の日差しは相変わらず強いが、明るく透明な大気は、道行く人の白い衣服をくっきりと際立たせている。

孝平と志津が住む落合では、今日が秋祭りの日である。四年に一度の本祭りで、戦前の大きな神輿が出ることになっている。

午前八時、一番太鼓が打たれた。太鼓の音は涼気を震わせながら、屋根を伝い小路を通って町中に響き渡る。普段さびれた商店街も、この日ばかりは朝から路上に水が打たれ、店の軒先には祭り提灯を連ねて装いを新たにした。通りは朝から半纏を着込んだ若者や子供たちが行き来し、街角の急ごしらえの詰め所では浴衣姿の老人たちが、団扇をパタパタさせながら何やら話し込んでいる。

勉と京子は小走りに急ぐと、家の前に律子が立っていた。

「あんたたち遅いわね。もうみんな来ているわよ」

「ごめん、ごめん。また遅くなっちゃった」

土間の障子が外された部屋は、通りに向けてテーブルが二つ並べられ、その片隅に志津が座っている。京子は神棚に手を合わせると、まず志津のそばに座る。

「今日はお天気でよかったね」

志津はみんな揃って一安心したのか、嬉しそうに笑顔で応える。

女たちが台所で持ち寄りのお料理を皿に分けている間、男たちは孝平を挟んで、一服しながら雑談を交わしている。こんな時は、政治や経済が一番無難な話題になる。

昭和六十三年といえば、バブル景気が息切れ直前の狂乱状態の頃である。小規模ながら手堅く家業を営んでいる水野が、

「この間、大手の住宅メーカーの人が来て、うちと取引したいと言ってきた。注文家具は問屋を通すと指定どおりに上がってこないので、直接仕入れたいと言う。話がう

ますぎて断ったよ」

「とにかく無茶な話があちこちにあるな。この上落合だって新宿の場末だろう。それが最近坪三百万と聞いたら、この先の商店街の外れでは坪四百万で何とか興産が買ったらしい。勘定ばっかり膨れ上がり、懐はさっぱりだな」

日頃豊かさの実感に乏しい庶民にとって、不景気話の種は尽きないが、うまい話はだんだん尻切れになっていく。水野のところも同業の廃業が水漏れのように続いており、先行きは全く分からないと言う。

企業調査を専門にしている勉が言う。

「大手と取引すると、外注を利用するにしても、月間の生産体制を確保するために、新たな設備や資金の需要が膨れ上がり、その運用と管理に有能な人材が必要になる。中小企業規模のレベルでは、もともと無理ですね」

「そうなんだ。このバブルで販路を増やしたり、人を雇ったりで目いっぱい体力を使っているから、もう余力がないのだ」

「われわれ職人は一つ作っていくら。それでいいのだ」

「最近は職人が半分商人になった。もともと交渉力がないため、結局相手のペースに乗せられて、おいしいところは持っていかれるのです」

孝平は勉の言葉にうなずくと、

「俺は以前職人を使って工務店に卸していたが、何かあると、結局損は俺に来る。そういう予感があったので、俺は手を引いたんだ」


そのうち食事の準備を終えた女たちもテーブルについてお茶の時間にした。志津は相変わらずテーブルの端に顎を載せてじっと目を閉じている。

「これがおばあさんの最後のお祭りになるわね」

妙子が小声で言う。山下が開いた。

「ところで京ちゃんはいくつになった」

「あたし五十八よ。もうすぐ還暦だわ」

「そんなになるか。俺も医療費がもうすぐただになる。こういう集まりをして何年くらいになるだろう」

京子は首を傾げて答えた。

「あたしたちが結婚したのが昭和三十一年でしょ。もう三十年越えているわ」

勉が京子と結婚して初めてこの新年会に出た時、孝平は、これから世の中がどう変わるか分からないから、新年と初午と秋のお祭りには、みんなでこの家に集まることにしようと言った。

「もうそんなになるかしら。それだけ平穏無事に来たということね」

孝平がタバコを指先で取りながら言った。

「新年にしても、初午にしても、こうして神様の前で会食する。これは大切な儀礼だな」

みんなで作った決まりが、長い歳月によって、いつかその決まりが先導役になってみんなを導いてきた。集まりを繰り返していくうちに三本が強固ないになって、それぞれの気持ちの奥深くに埋められてきたのかもしれない。

「あたしね、これを言い出したおじいさんは偉いと思うわ。自発的な気持ちではなかなか続けられないわ。陰でいろいろ言っても、これはおじいさんの功績よ」

いつもと違う律子の口調に、孝平はにんまりと笑った。


二つのテーブルに刺身や煮物やサラダが並べられた。それぞれ持ち寄ったもので、品数が多く、品評会のような騒がしさで食事が始まる。お銚子を二本にするか三本にするか、女たちの間で問題が起こった。

水野が盃を口に当てながら、

「これまで業者との付き合いで、やっと酒が飲めるようになったが、最近一本くらいはうまいなと思うね」

「いい顔していると、もう一本なんていうのよ。あたしは酒のみは嫌だね」

台所に突っ立ったまま、律子が言うと、

「水野さんの飲み方はいいのよ。うちなんか眠れないといって飲むから、いまだに適量が分からないの。これが肝臓に一番良くないのよ」

妙子はお酒のことで、よく山下と喧嘩するという。

「大の男が二、三本の酒を飲むのに、がたがた言うことじゃないわ」

京子は冷蔵庫からビールをもう一本出して、手じゃくで飲み始めた。

その時、はるか遠くに神輿を担ぐ音が聞こえた。断続的な太鼓の音に交じって笛や人の声が、一陣の風に乗って固まって聞こえてきた。

「あら、お神輿が来たわ」

誰ともなく箸の手を休めると、耳を傾ける。

「太鼓の音っていいわね。いつもながら胸にジーンとくるわ」

「あたしもあちこちの太鼓を聞いているけど、この町内の太鼓は、お腹にズーンとくるわ」

「この町内では、担ぐ人がもういないでしょう。俊ちゃんは元気かしら」

「息子が担いでいるらしいわ。俊ちゃんは今、世話役よ」

この近所に住む彼は、妙子より一つ年上で家業のとび職についている。幼い頃はよく遊んでもらったり、いじめられたりした仲で、孝平とは仕事の関係もあって、親しいご近所さんである。

年に一度のお祭りには、家の前で神輿を見送る志津たちと顔を合わせ、二言三言冗談を言い合って別れていく。このような関係が三十年続いている。

突然、太鼓の音があたりの空気を震わせて大きく鳴り響いた。

「あ、来た」

京子は外に飛び出すと、すぐ戻ってきた。

「角の詰め所で休憩だけど、さすがに大きい神輿だわ」

しばらくすると、神輿が動き出した。ためこんでエネルギーを一気に吐き出すように、街角のスペースをぐるぐる回りながら調子を整え、やがて一つの方向を見出すと、若者の間に一斉に怒号が沸き起こる。動くほどに地面に力がみなぎり、それはしなやかな足に伝えられ、体の奥からほとばしる雄たけびとなって周囲を圧倒する。神輿は力強く動き始めた。

周辺の家々では障子がいっぱいに開かれ、みんなの目が明るい路上に注がれる。息をのむ一瞬である。神輿は軒下すれすれのところを秋の日差しを刻むように、若者たちを引き連れてゆっくりと進んだ。

「あら、もう行ってしまったの」

口々にあっけない幕切れを惜しみながら、みんなしばらく動かなかった。

その余韻を楽しんでいると、誰かが入ってきた。

「あら、俊ちゃんだわ。おばあさん、俊ちゃんよ」

京子が志津に伝えると、志津は黙ったまま目で挨拶した。彼はいつものとぼけたような顔で土間に立っていた。

「おばあちゃん元気かい。いつもみんな戸口に立っているだろう。どうしたのかと思って」

職人の相手は律子が適役である。

「今日は特等席をつくったの」

「顔ぶれは揃っているようだな」

彼は部屋の中を見回しながら言う。

「俊ちゃんが先導役の中にいなかったでしょ。いま噂をしていたの。でも元気でよかった」

京子が言う。

「あたしね、祭り半纏を着た子供を追いかけていた頃、俊ちゃんは神輿の上で颯爽としていたでしょ。目に焼き付いているわ」

「俺はもう世話役だよ。後ろからついて行くだけさ」

「駄目よ、そんなこと言っちゃ。この町会では俊ちゃんがいないと神輿が動かないのよ」

「参ったなあ」

すっかり持ち上げられた彼は、頭をかきながら出ていった。

部屋の奥でこの様子を見ていた孝平は、

「あいつも丸くなったな。昔は理屈なんかより、気性で動く奴だったからな」

「人間が丸くなるのはいいけど、背筋が丸くなってびっくりしたわ」

テーブルを片付けながら、律子の一言が笑いを誘った。


陽が傾き始めると、各町内を回っていた神輿は帰路を取り始める。微かな太鼓の音と人のざわめきが、はるかな街筋から風に乗って聞こえてくる。商店街の通りには、八幡様境内の余興や露天の賑わいに誘われて行き交う人たちの列が、切れ目なく続いている。

「久しぶりに八幡様へ行こうか」

誰かが声をかけたが、畳でごろごろしている娘婿たちからは何の反応もなく、孝平は奥の部屋で休んでおり、志津は相変わらずテーブルに顎を載せて目を閉じている。

夕刻にウナギと寿司が届けられた。年三回の親族の集まりには、主催者である孝平がご馳走することになっている。そう決めたわけではないが、孝平がウナギを好物にしていることと、結婚した頃の安い給料だった婿たちの懐を考えて、長い間それが習慣になっていた。

「今日はあたしが出すわ、というのが一人ぐらいいてもいいんだが」

孝平はそう言ったことがあるが、むろん本心ではなかった。だから娘たちも、何をいまさらというふうにうまそうにご馳走にあずかった。

「ここのウナギはおいしいわ。このウナギも今年限りのようね」

「こういうことは、俺の代で終わりだな」

婿たちの前にお銚子一本が出され、京子が一人ビールを飲み始める頃、孝平はお重を空にすると、奥の部屋へ行った。妙子と律子の寿司桶も間もなく空になると、二人はついでに志津の分もきれいにした。京子はやっとコップを空にした。

「もう食べたの。もっとゆっくり食べればいいのに。うちの連中ときたら、どうして食べるのが早いのかしら」

律子が忙しそうにお茶を入れて、一人一人に配りながら、

「いつだったか、京都の西陣で会席料理を食べた時、次にお料理が来るまで、口を開けて待っているんですもの。仲居さんがびっくりしていたけど、さすが商売人ね、お待たせしてすみませんといったわ」

「だいたいお料理というものは、素材の調理とか盛りつけの器とかを観察し、そこに適切な言葉をはさみながら、味わうものなの。お料理が来るのに合わせるのも作法の一つよ」

一人半前の寿司を平らげた妙子が、お茶の心得を述べる。

「あの時は伏見稲荷から西陣まで時間がかかったのよ。みんなお腹がすいていたわ。あのすっぽんと鯛の兜煮がおいしかったわ」

京子は寿司をつまみながら言う。

「そうね、江戸っ子風の食べ方は京風の会席料理には合わないのかも」

妙子の言葉を夫の山下が引っかける。

「がつがつ食べても、品位ある人はそれを隠すものだ。ゆっくり食べたからといって、大食い丸出しの人もいる」

「あなた、それって嫌味よ」

「いや、それは言えるよ。要は人の問題ね」

律子が笑いながら口をはさんだ。

座は一段と騒々しくなり、女たちはどっかりと腰を落ち着けて、とりとめのない話を持ち出しては、それに興じていた。


夜の六時、八幡様では祭りの仕舞い太鼓の連打が打ち鳴らされ、最後の一音が余韻を残しながら暮れかかる夕空に消えていった。

家の中では、雑談に飽きた者たちが、そろそろ帰る時間を推し量っている。その時、志津が突然口を開いた。

「甲府の赤坂の家を下りてきたところに、小さな公園があったでしょう。今どうなっているのかしら」

みんなびっくりして志津の方を見た。妙子が、

「そういえばあったわ。あそこは確か下の家の地所だったでしょう」

と言ったので、話が息を吹き返した。志津の背後で京子が指と指を突き合わせ、志津の記憶の回路がつながったことを示す。

「あれは戦時中資材置き場だったのを戦後取り壊し、一時公園にしてブランコや砂場を作った。今は持ち主も変わって建築設計事務所になっている」

そう孝平は説明した。

「おばあさん何で今頃思い出したの」

律子が聞くと、志津は、

「あたしはあそこをよく覚えているの」

志津がぼそぼそと、こんなことを語った。

戦後数年たった頃、世の中が少し落ち着いてきたが、敗戦の影は色濃く生活を覆い、食料品は大半がまだ配給制だった。その頃、妙子が勤め始め、律子と京子は高校生だった。孝平は戦時中勤めていた木材会社が倒産してぶらぶらしており、貯金の残高とインフレの動きを見据えながらの、不安な生活を余儀なくされていた。

晩秋のある朝、娘たちを送り出した後、志津は台所を片付けながら味噌がないことに気付いた。いつも味噌を届けてくれる人は、二日後に来ることになっている。

それを孝平に話すと、実家へ行って借りてこようと気軽に言う。家事も一段落したので志津も一緒についていくことにした。実家まで歩いて十分ほどの距離を二人は秋の日差しを浴びながら、山麓の小川の道を回って赤坂の坂下に出た。そこの小さな公園のベンチで志津は待つことにした。

目の前にカエデの紅葉の枝が重なり合い、逆光の中で燃え立つように輝いている。志津は軽い興奮を感じながら、それに見入っていると、孝平が顔を真っ赤にして戻ってきた。お前のところに貸す味噌はない、と祖父に断られたという。

志津の話がそこまでくると、みるみる孝平の顔色が変わり、びっくりした目つきで志津を凝視すると、

「おばあさん、そのことを覚えていたのか、よく覚えていたな。あの時の切ない気持ちを、俺は一生忘れられないさ」

それから気を取り直すと話しだした。

「あの頃俺にすすめる人がいて、貸家の二、三軒を買って、田舎でのんびり暮らしても良いと考えていた。あのことがあってから、俺はすぐにひとり上京してこの家を建てたんだ」

孝平と志津の物語は、遠い深い闇からの呼び声のように、不思議な感動で娘たちを沈黙させた。

「そんなことがあったの。あたし知らなかったわ」

妙子も律子も同じことを言う。

「あたし知っていたわよ。夕方赤坂のおばあちゃんがこっそり味噌を持ってきたのよ。父ががんとして受け取らなかったので、またそれを抱えて持って帰ったわ。深い事情は知らないけど、おばあちゃんの哀れな後ろ姿をよく覚えている」

「あの赤坂のおじいちゃんは因業なところがあったからね」

「息子とよく似ているのよ」

娘たちのおしゃべりをよそに、孝平は考え込んでいる。涙ぐんでいるように見えた。

「そうか。おばあさんは忘れていなかったか。ずっと俺と同じことを考えていたのだな」

俺が田舎に帰っても日帰りなのはそのせいでもある、と付け加えた。

物事に淡白な志津は、嫌な思い出は消えていたのだろう。戦後の不安な日々に孝平と一緒に散策し、美しい紅葉に出会ったことを自身への記念に覚えておこう、と思ったに違いない。

「いいお話だわ。聞いてよかった。夫婦とはこうありたいわ」

妙子がしんみりと述べると、突然律子が笑い出した。

「土の中のモグラが何十年ぶりにばったり顔を合わせたみたいだわ。あたしたち夫婦はなかなかこうはならないわよ」

「おばあさんたちはモグラですって」

京子が志津に耳打ちする。

一斉に笑いが噴出し、部屋はかしましい声で満たされた。それは一日の満ち足りた笑いでもある。笑いというものは多彩な源泉を持っており、この職人の家庭では、嬉しいにつけ悲しいにつけ、いつも相応の笑いが用意されている。みんな一緒という気持ちの安らぎに、笑いは大変相性が良いのである。

それがきっかけで、遠い疎開時代に引き戻されると、これまで何回か語られた往時の数々の逸話を、またぶり返すことになった。

「今日はおばあさんのおかげで、いいお話ができたわ」

律子がそう言うと、孝平もうなずいた。

「今日はおばあさんが主役だったな。いい一日だった」

山下夫婦がここに泊まり、水野は車で帰る。京子はそそくさと荷物をまとめ、神棚に手を合わせると勉に声をかける。

「あなた何ぼんやりしているの。ほら、眼鏡とタバコを忘れないで」

志津は勉を見てにやりとした。京ちゃんは相変わらずうるさいね、その顔はそう言っているようだった。それが勉にとって最後に見た志津になった。


晩秋のある日、落合の家から帰った京子は、部屋の入り口に立って、ぽろぽろと涙をこぼした。

「おばあさんは少しもボケてなんかいなかったのよ」

「いったい何があったんだ」

勉が語気を強めて聞くと、

「おばあさんはもう長いことないわ」

そう言って京子は泣き崩れた。

京子は孝平から聞いた、ここ数日間の志津の様子を話した。それによると、また志津の失禁が始まった。まだ漏らす程度だが先が見えており、二人の生活が根底から崩れようとしている。事態が自分の手に余ると、孝平の苛立ちは娘たちに向けられた。

「娘が三人もいて、いったいどうなっているのだ」

これに対して志津は冷静だった。

「娘といっても、考え方も生活も違う。いまさら、ああだこうだとは言えないでしょう。いろいろ不満があるだろうけど、そういうものは、あたしが全部あの世へ持っていくから、しばらくそっとしておいておくれ」

孝平は志津から説得されて了承した。

「俺はおばあさんに一本取られたよ」

その夜、二人は、久しぶりに長いこと話し合った。夫婦が向き合う形で、孝平は志津のそばに座り、顔を近づけながら話した。志津もまた孝平の聞こえる方の耳に、小声で応じた。思いつくまま二人はいろいろなことを話し合った。

孝平の腕は自然に志津の肩へ回された。穏やかな言葉が紡がれた糸のように二人を包むと、志津は目を閉じたまますなずく。志津の上体を腕に感じながら、どうしてこれまでこういうことに気が付かなかったのだろう、と孝平は悔やんだ。

夜更けに志津はお風呂に入りたいと言ったので、狭い浴槽に新しい水を満たし、湯を沸かした。ゆっくりお湯につかる志津の様子をガラス越しにうかがいながら、孝平は険しい表情で立ち尽くしていた。


数日後の朝、志津は珍しく起きるのを嫌がった。孝平に促されて炬燵に入ったものの、ぼんやりしてご飯を食べようとはしなかった。

孝平に言われて食べ始めたものの、すぐ吐いた。落ち着いてから食べるようにと、お膳をそのままにして、孝平は廊下で洗濯を始めた。

どのくらい時間がたったのだろう。孝平が洗濯に区切りをつけて部屋に入ると、箪笥を背にして座っていた志津は、そのまま不自然な格好で横に崩れていた。口元から入れ歯がはみ出し、薄目を開けて志津はこと切れていた。

孝平は何回か志津の名を呼んでゆすったが、何の反応もなく、そこで初めて志津の死を確認した。

その後の孝平の行為は、あらかた理に適ったものだった。

テーブルを片付けると、ご飯を盛った茶椀に箸を立て、湯呑茶碗に白湯を注いでそこに並べた。それから部屋の奥からあまり使われていない線香立てを出してきて、線香を一本立てた。

あまりに突然のことで、孝平は事態の重さを量りかねながら、おろおろと体を動かしているほかなかった。

しばらくして気持ちが落ち着いた孝平は、今度はゆっくりと志津と対面した。血の気の失せた志津の顔にはまだ温もりが残っていたが、末期の苦しさからか頬のあたりがゆがんで見えた。

孝平はタバコに火をつけると、

「おばあさん、最後のタバコだよ」

といって、志津の口元に押しつけ、それを灰皿においた。火をとぼしながら、まっすぐ立ち上る紫煙を見るともなく眺めていた孝平は、自分のそばで死んだ志津のことを思い、それから、長いトンネルを抜けて一人ぼっちになった自分のことを考えた。

明けっぱなしの廊下から冷たい風が伝わってくる。孝平はおもむろに立ち上がると、箪笥の上の受話器を取った。

第八章　再会

ここに一枚の写真がある。志津の葬儀の時のものである。

跡取りのいない老人の家庭として、志津の葬儀は親類縁者だけでごく内輪で行うつもりだった。ところが戦前からの畳屋としてよく知られていた関係から、通夜には近隣に住む人たちの列ができ、長く疎遠だった人の思わぬ弔問を受けて、孝平をびっくりさせた。

孝平や志津の田舎からは兄弟や甥姪の一族が大勢来たので、狭い家がひっくり返るほどの賑わいぶりである。若い世代は一階の十畳と台所を占領して通夜のお清めをしたが、久しぶりに会う懐かしさから気分が高揚し、お互いの現在を確認し合ったり、仕事にまつわる話題に興じたり、しんみりと故人を供養する余裕など見られなかった。

戦前から戦後にかけて、甲府郊外の本家に近いところに疎開し、共同体のような形で苦労を分け合ってきた。だから志津の甥にあたる四十歳を超えたエリートの課長が、一つ年下であるばかりに、いつも名前を呼び捨てにされる不運に甘んじている。明人など孫たちは、このうろ覚えの先輩たちに対して、新入社員のように気配りをしながら宴に加わっていた。

二階では、志津の姉妹たちが車座になって故人を偲んでいる。昔のように頻繁に会えなかったが、姉である志津が元気でいることが大きな支えだった、と。とくに横須賀の末妹は、半分は母親のような存在だったと、思い出してはハンカチで目頭を押さえた。

その傍らに孝平は一人背を向けて座っている。そんな孝平に誰も声をかけなかったのは、それが孝平に対する礼であることをみんな知っているからである。葬儀のことは娘たちに任せており、自分はここでひっそりと妻を送りたい。孝平の丸い背中がそう言っている。

故人の祭壇は店の土間にひっそりと飾られ、夜通し子供たちや孫たちによって守られた。壁に積み上げられた畳材料は幕によって隠され、葬式の時はどうするんだろうという娘たちの心配は杞憂に終わった。

葬儀の読経が終わって、志津の安らかな顔が花弁に埋められると、棺は路上に運ばれた。志津は大勢の見守る中で、人間最期の姿を棺の中に横たえている。横浜の叔父が親族を代表して挨拶した。

勉がこの光景をカメラに収めようと構えていると、ファインダーの端に突然孝平の姿が現れた。入り口の幕の前に立った孝平は、上体をわずかにかがませ、両手を前に会わせて、神妙な顔つきで挨拶を聞いている。ファインダーの右端には、志津の遺影を持った娘たちが並び、左端にやっと孝平の姿が収まったが、それはちょうど、病んだ志津を挟んだ父と娘の綱引きのような構図になり、勉はにやにやしながら、何枚かシャッターを切った。

葬儀が終わってからも、娘たちがよく出入りしていたので、日頃ひっそりしていたこの家では、夕刻の明かりが灯るまで賑やかな声が絶えなかった。

葬儀屋への支払いやこまごました清算も残っており、支払いの明細書を孝平に見せたり、この後に送る香典返しのこともあって、何かと気ぜわしい日が続いた。

顔を突き合わせて金の計算に夢中になっていると、誰かがふと気が付いて志津の仏前に座り、お線香をあげながら長々と声をかけたりする。

孝平はまだ志津の死を認めていなかった。夕方、娘たちが帰ってひっそりした部屋に一人取り残されても、いつもの場所に志津は座っており、台所にいる時も洗濯をしている時も、志津を軸に動いているように感じ、よく志津の夢を見た。

「昨夜おばあさんの夢を見てね。四十九日はいつやるのか聞くんだ。それが人ごとみたいで、おばあさんは自分が死んだことを知らないのではないか」

「おじいさんのことが心配で、まだこのあたりにいるのよ」

妙子に重ねて京子も言う。

「お骨もあることだし、毎日お話ができるじゃない」

律子が計算する手を休めて、

「それはそうと、おじいさん。近所の人も、いろいろおじいさんのことを気遣っているから、朝は必ず表のカーテンを開けてね」

「ああ、分かった」

孝平は差し当たって、志津は生きていることにしよう。そうすれば自分も今までどおり暮らせるだろう、と考えたのかもしれない。

年が明けて、四十九日の法要で志津の遺骨が水野家の墓地に葬られ、代わって奥の部屋に新しい仏壇が置かれたが、少し大きすぎて壁に飾られた志津の遺影が窮屈になった。

「ずいぶん大きいな。おばあさん一人ではもったいないな」

「いずれおじいさんが入ると、妙ちゃんのところか家へ来るのよ」

律子はこの仏壇を買うために、水野と何軒か仏具屋を回り、やっと気に入ったものを見つけたことを強調した。

「やっと仏様になったのね。おばあさんも立派に見えるわ」

京子は小声で戒名を唱えながら、しばらく手を合わせた。

お茶の時間になると、律子がしみじみ言う。

「四十九日が終わるまで、おばあさんのことが頭から離れなかったのよ。これで一区切りね。これからは仏さんを大事にしていけばいいのよ」

「考えてみると、仏さんもいつまでも俗世間にかかわっちゃいられないのね。これからだんだん遠くなっていくのね。寂しいことだわ」

妙子が湯呑茶碗を手で温めながら言った。

たわいのないおしゃべりをする娘たちの傍らで横になっている孝平は、そんなに大切に思うなら、生きている時にもっと面倒を見ればよかったのに、と思った。それでも娘たちの賑やかな話につられて、いつか体を起こして話に加わった。

季節は緩やかにすすみ、湯沸かし器を使えない孝平を悩ませた水の冷たさも、手に心地よく感じる頃になった。隣の屋根から降り注ぐ早春の日差しが、朝のひととき、玄関のあたりを明るくし、そこには志津が丹精を込めて植えた鉢植えがひと固まりになって花芽をつけている。

やがて娘たちの来訪もめっきり減り、孝平は自分のことは自分でしながら気ままな日々を送っている。朝がた、家の前の道はＪＲに向かう勤め人で賑わい、いっときたつと、学生の一群が反対の坂下へ降りていく。それが過ぎると、前の洋品店の奥さんが道を掃き始め、孝平の家の前まできれいにすると、打ち水をしてくれた。

お天気の良い日には、孝平は食事が済むと、しばらく家の前に立ち、坂下の方を眺めるのが日課になっている。それは隣近所に対する朝の挨拶であった。

ある日、朝の景色を楽しんだ孝平は、家に入った時、いつものところに志津がいないことに気付いた。暗がりに目を凝らしたが志津の姿は目に映らない。

「おばあさんはもう遠いところへ行ってしまった」

上がり口を這い上がりながら、孝平は独り言を言った。

孝平はこれまでも頻繁に志津の夢を見た。硝子戸が風に揺れる音や家のきしみを耳にするたびに、志津を身近に感じ、神棚のお燈明が激しく揺れると、志津が何か言いたいのでは、と思ったりした。

「いつまでもおばあさんを背中に背負っているんじゃないよ。これからは自分のことだけを考えればいいのだから」

律子の強い口調が耳元に聞こえてくる。

夫婦の六十年の重みに寄りかかりながら、日常の平穏を願ってきた孝平は、しげしげと仏壇を見つめながら、残されたわが身の行く末をぼんやり考える。

老後の夫婦というものは、どっちが先に行くか分からない。公園のギッタンバッコンに乗っているようなものだ。狭心症という爆弾を抱えている孝平は、誰もが志津より先に逝くものと思っていた。そうなったらおばあさんを大事にするからね、と娘たちは言っていた。ところが孝平のお尻が地面に着いた時、宙に舞い上がった志津はそのまま昇天してしまった。

この家から志津を送り出したことに、孝平は責任の半分を果たし、残りの半分は自分の行く末を見守ることである。いずれにせよ、自分の前に敷かれたのは残り少ない一本のレールであり、もう逃げ道はないのだ。

娘たちも同じ感慨を持った。みんなを悩ませた病身の志津が、死の瞬間に、心の中に生き返った。老人の衣装を脱ぎ棄てて、よき母の面影をよみがえらせたのである。娘たちの母への慕情の一念が、志津の死から今日まで家族を導いてきたといえる。志津は今、それぞれの思いの中からひっそりと抜け出し、小さな位牌の中に収まっている。

志津が元気だった頃、よく遊びに来ていた米屋や牛乳屋の人たちもいつの間にか姿を見せなくなった。一番親しくしていた梅さんは、週一回お線香をあげに来るが、今年は房総半島への道が混雑で時間がかかり、かえって疲れてしまった。ゆくゆくはあちらの娘の家におさまるので、もうしばらくはここで暮らすことにしたと言う。志津がいる頃は孝平とも話がはずんだが、二人きりになると、話もそこそこに返っていった。お互いに話題も乏しくなり、何よりも耳の遠い孝平に遠慮したのだろう、あまり姿を見せなくなった。

孝平はその後も体調がよく、一時肥った体も元に戻り、重いものを持たないためか、膝の痛みも小康状態を保っている。ボケないのが俺の業だ、と言うほど頭の方もしっかりしている。

孝平が仕事を辞めてから二年がたった。それでも時々仕事の依頼の電話がかかってくることがある。いつも丁重に断るが、どこか紹介してくれと言われても、同業者の名をあげることはしなかった。あとあとのトラブルを避ける意味もあるが、職人気質の孝平の頭の中は、自分のお得意様を人に教えることなど考えられないことだった。

ある日、坂下のアパートの持ち主から電話があり、空いた部屋の畳を見てほしいという依頼があった。簡単な仕事だったので、明日行って見ましょうと、孝平は返事をしてしまった。

その日、たまたま妙子が来ていたので、

「内職程度の仕事をやろうと思う」

と言うと、彼女は何も言わなかった。

妹たちなら百万陀羅の文句を言ってやめさせるが、不都合なことは無視するのが妙子の流儀である。

それから数日後、そのことを気にして妙子が落合の家に行くと、孝平は部屋の隅で丸太ん棒のように膨れ上がった左足の手当てをしていた。妙子の方に向けた孝平の顔は、額が赤く腫れて、肱のすり傷には血が付いている。

孝平は照れ臭そうに言う。

「やっぱり仕事は断ったよ」

「そう、よかったじゃない」

妙子はそう答え、それ以上聞こうとしなかった。

この話はその日のうちに妹二人に告げられた。想像するに、久しぶりに自転車に乗ったところ、何かを避けようとして痛む左足を地面に突こうとしたが、支えきれずに路面に突っ伏したのだろう。

律子は怒った口調で言い放った。

「何を馬鹿なことをやっているんでしょう。お金がないわけじゃないし、八十過ぎた人のブランクは決定的よ。あと何年でもないのだから、おとなしくしてほしいわ」

孝平の切実な気持ちは、人工運河のように水面の落差を経るうちに、娘たちのままごとの世界に導かれてしまつた。長年孝平は、生活の中に仕事と老いを両立させてきた。志津の面倒をみるために廃業を余儀なくされたものの、まだ体内に余力を残していた。その思いが深く潜行していたのだろう。趣味や遊びを持たない孝平に、隠居は退屈そのものだったに違いない。今、その仕事に孝平は裏切られたのである。

部屋の上り口に瀬戸引きの大きな火鉢がある。昔、年頃の娘が股火鉢をして志津に叱られたが、みんなと一緒に疎開し、一緒に帰ってきた。今は五徳の上に畳道具を入れた籠が置かれている。洋服ダンスの前の置台には、仕事に使われた帳面やそろばん、古い旅行書や北海道旅行の木彫りの熊などが埃をかぶったままで置かれている。部屋の様子は何ひとつ変わっていない。昨日が今日であり、今日が明日であるという老夫婦の静かな生活の証しがそこに見られ、部屋のたたずまいもひっそりと息づいている。今、孝平の周囲にあるものは、光を失ったガラクタばかりであり、部屋中が退屈で悲鳴をあげている。

心に秘めた試みが不発に終わり、一つ一つ逃げ道を断たれた後は、袋小路で自分と対面するほかない。老いた人間の自由とは何とみすぼらしいのだろう。

人間はいくつになっても中途半端なものだ。年を重ねたからといって世俗から高みに達することもない。所詮、四畳半の思想から一歩も抜け出せないまま、羅針盤を失った船のように畳の上を漂流しているにすぎない。

この世の数多い日常的な死の中から自分の死を取り出して対面する。いつか自分も死ぬという予感は、来る日も来る日も、信号機の点滅のように意識の表面に浮かんでくるが、それは痛みのありどころが分からない腹痛のように、現れては消えていく。

メニエール病で、志津が世話になった梅津先生のところに通っている妙子が、孝平の家に泊まった時のことである。真夜中に強い線香の匂いで起こされた。階下で何やら人の声がする。そっと床を出て階下の様子をうかがうと、声の主は孝平であった。

暗がりの障子にろうそくの火が揺らめき、念仏を唱えている低い声が伝わり、間を置いてチンと鳴った。妙子は念仏の終わった後の孝平の声をはっきり聞いた。

「おばあさんや、俺を早く連れていっておくれ。な、頼むよ」

第九章　孝平の入院

台所にある電話が、春暁の静寂を破ってけたたましく鳴り響いた。ふらふらと起き上がった京子は、電話をとり、ぶつぶつ言いながら聞いている。そのうちに、

「困るじゃないの。この間おばあさんの葬式を終えたばかりなのに」

と言ったので、勉はあらかた話の内容が推測できた。律子からの電話だった。

「おじいさんが、息が苦しくて昨夜眠れなかったそうよ。律ちゃんは車ですぐ出るから、あたしにも早く来るようにって。妙ちゃんにも電話したらしい」

「おばあさんの時とだいぶ違うな」

「そういえば今頃の時期だったわ。あの時は体が震えたわ。一度経験したから神経が図太くなったのよ」

京子は身支度をしながら、自分に言い聞かせるように、

「自分で電話するくらいだから、大丈夫よね。水野さんは配達と集金が済んだら寄ると言っていたわ。山下さんも妙ちゃんと一緒に来るらしいから、あなたも仕事の帰りに寄ってみたら」

そう言うと、慌ただしく出ていった。

京子が孝平の家に行くと、奥から律子の声が聞こえてくる。

「この間おばあさんの四十九日が済んだばかりなのに、またおじいさんの葬式では、親戚でも困るわよ。あたしたちだって、おじいさんにもっと長生きしてほしいわ。もう少ししゃんとしてよ」

孝平は布団の上であぐらをかいてそっぽを向いてタバコを吸っている。律子が言葉を詰まらせながら説教しているのを見て、京子は反射的に孝平ににっこり笑うと、孝平からきまりが悪そうな笑顔が返ってきた。パジャマの胸元がはだけた姿が哀れに見えた。

「あたしが来た時は、苦しそうに息をぜいぜいさせていたの。この線香臭い部屋に寝ているのですもの。窓を全部開けて空気を入れ替え、部屋を暖かくしたの」

「向こうの部屋に寝れば良いのに。あたしもお線香の匂いは嫌いじゃないけど体に良くないわ」

「おばあさんのところがいいんでしょ。本人がそう言うのだから、駄目よ」

律子はそう言いながら台所に立った。京子は孝平の枕元で声をかけた。

「そろそろ疲れが出てきたのよ。まだ寒いし、体を温かくしておくことね」

「俺の心臓も悪いといいながらよく持ったな。まあ、仕方がないさ」

そこへ妙子が大きな紙包みを下げて入ってきた。律子に何か食べるものを持ってくるようにと言われたので、新宿の駅前でパンや果物を適当に選んで買ってきたのだ。

彼女も孝平の前で同じようなことを言った。

「あたしお腹がすいたわ。さっそくちょうだいするか」

「あら、アイスクリームがあるわ。嬉しい」

「おじいさんのご飯はどうしよう」

妙子が遠慮がちに言うと、京子が応えた。

「後であたしがお粥を作るわ。三つ葉を持ってきたから、おいしいおすましができるわ」

「京ちゃんは、自分のお腹を落ち着かせないと動けないのよ」

奥の部屋で孝平がうとうとし始めたので、テーブルはいっそう賑やかになった。

「納骨までいろいろ慌ただしかったからね。この間うちの人とお礼かたがたお寺に行ってきたけど、これでやっと区切りがついたの」

律子の話を聞いて妙子は、

「ほんとうにお世話になりました」

と返した。お寺の話になると、長女の妙子はいつも神妙な態度になる。

「今朝電話を受けながら、おばあさんの時と違うな、と感じたの」

「父と母の違いよ。あたしたちは父親っ子だったけど、男のわがままも見てきたからね。どうしても母親の肩を持つのよ」

「死んでからおばあさんのそばがいいなんて、生きている時に、もっと大事にすればよかったのに」

「昔から自分の思うように、おばあさんを使ってきたからね」

「昔は気に入らないといって、お膳をひっくりかえしたことがあるわ」

京子の一言に律子の言葉が重なる。

「あたしは子供の頃のその印象がすごく強いの。あの人を見ていると、どうしてもその記憶にぶつかるのよ。あたしのトラウマなのかも」

「おばあさんはじっと耐えてきたわね」

「でも、疎開で不自由な生活をしたでしょう。あれで丸くなったのよ」

戦後間もなく、妙子が田舎の役場に就職し、間もなく律子が高校を卒業して役場に入ると、妙子は孝平を追って上京した。部屋の一隅を吹き抜ける風に乗って、ひそひそ話は絶えることなく続けられた。

奥の部屋から孝平の声がして妙子が呼ばれた。

「明日俺は入院するからな。先生のところに電話してくれ」

突然の成り行きに三人は顔を見合わせた。ベッドが空いているかどうか分からないが、この際病院に入るのが最適であるという結論になった。

早速クリニックの梅津先生に電話すると、折り返し、八人部屋に一つ空いているとの返事があり、早速孝平は明日入院することになった。先生は、原因は心臓ではなくほかにありそうだと言った。

思いがけない事態の進展に戸惑いながら、午後の時間を妙子たちはせわしなく動いた。

京子は孝平のパジャマを買いに東中野の駅近くの商店街へ出ると、帰り路、コーヒーを飲みたくなって喫茶店に立ち寄った。二階の窓際の椅子に落ち着くと、タバコを取り出しながら、久しぶりに駅周辺の賑わいを眼下に眺めた。

結婚して数年間、孝平の家近くに住んでいたこともあって、このあたりは子供を連れてよく通ったところである。新しく着飾った店や、昔の面影そのままの店が混在する街に、少し違和感を覚えながら、彼女はぼんやりと窓の外を眺めていた。

子供が独立し、夫婦の静かな生活が始まったが、今度は老いた両親の行く末に神経を使う日々になった。今まで気にも留めなかったが、これが世と人の巡り合わせなのかもしれない。

ガラスの外は明るい陽に満ちている。それはちょうど、水の中から水面を眺める時の、まばゆい光の流露に似ている。人の賑わいも街の騒音も、さざ波を立てながら遠ざかっていく。現前するすべての光景が借り物のように、移ろいやすい早春の光の中でゆっくりと動いていく。今、落合の父と娘の関係が、大きな曲がり角に立っているように、と京子には感じられた。

家に帰ると、みんな揃っていて、男どもは孝平のところにいた。テーブルには六つの茶碗が置かれ、妙子がこれまでの経過を説明した。

「年を取ると、体のあちこちに爆弾が仕掛けられている。いざという時は、病院が一番安全なのだ」

仕事をしている現役の立場から、一番年上の水野がそう言うと、これが一番良い選択であることになった。

律子に言わせると、そんな慎重な彼でさえ、木工作業の時よく怪我をするのは不注意からくるものであるという。

山下がバッグからいろいろな薬を取り出して、

「医者に言わせると、僕には糖尿の気もあるらしい、いま僕の体は病気の巣になっているんだ」

と言うと、妙子が早速反論する。

「あなたは人ごとみたいに言うけど、この人は病気を楽しんじゃうの。この人の話を聞いていると、あたしがじんましんになっちゃう」

律子が神棚から紙包みをおろしながら言う。

「山下さんからの差し入れよ。おいしいフライドチキンだわ。夜はお寿司にしようよ。あたしが持つわ。京ちゃんはおいしいおすましを作ってね」

「お安い御用だわ。何かおじいさんの入院祝いみたいね」

妙子が苦笑しながら、

「万事いい方へ向いているのだから、それでいいのよ」

夕食には孝平も加わって、寿司を平らげると、

「いろいろ心配かけてすまないな。しばらく入院するけど、家は留守のままで良い。ただ土台に苔がついているから、暇を見て削っておいてくれ。ついでに地面に石灰を撒いてくれないか」

孝平が部屋に戻ると、ひそひそ話が始まる。

京子が先手を打った。

「いまさら、このぼろ家の手当てをしても仕方がないわ。あたしは虫が嫌いだから駄

目よ」

「いいわよ。あたしがぼつぼつやるわ」

結局妙子が医者帰りに立ち寄って、苔を取ることになった。

「でも留守の時の火事が怖いわ。一応隣に挨拶した方がいいわね」

「そうよ、妙ちゃん頼むわ」

誰ともなく、この考えに落ち着いた。


翌日孝平は娘たちに付き添われて入院した。待合室で待っていると、偶然に、先だって死んだゆきえさんの夫に出会った。以前オートバイ事故で足に針金を通したが、そこが痛み出したので、ここに通院しているという。松葉杖に寄りかかったこの老人と孝平は、近くに住みながらもう何年も音信不通であった。お互いに照れ臭そうに、二言三言交わすと、外来の待合室と入院部屋へ分かれていった。

孝平は三階の老人専用の八人部屋に入れられた。二面がガラスになっていて、寝ながら新宿の空を仰ぐことができるが、孝平はこの明るさがうるさいといって、間もなく奥のベッドに移り、雑誌を読むのに疲れると、壁に向かって眠った。

検査の結果、心臓は問題ないことが確認されたが、肺の底部に水がたまっており、これが呼吸困難の原因であると診断された。老人性のもので、手術による除去は難しく、点滴によって体調の回復を図り、自然に肺機能を回復させる以外にない。一応の目安として三カ月見てほしいと医師に言われた。

付添婦に決まった野田さんという老女は年齢が七十歳近い、気性の勝った寡婦である。東北弁丸出しの実直な人柄で、その振る舞いや気配りには、ベテランらしい細やかさがある。彼女の仕事用の棚には、カミソリや石鹸、目薬などの患者に必要な生活用品が用意されている。志津が入院していた頃の秋田グループのボスとは、実は野田さんだった。

孝平の入院生活は七時の朝食で始まる。その後、一階の待合室でゆっくり新聞を読み、それから点滴を受ける。午後は食後の安静の時間が終わると、あとは自由である。一日の中では点滴が大切な時間になっているので、それ以外は気ままに過ごし、時には信号を渡った先にある本屋で雑誌を買い求めたり、街の空を眺めながら野田さんと雑談したりして過ごす。こうして夜九時の消灯になると、水で薄められたような一日が終わる。

孝平が入院して間もなく、まだ窓際のベッドにいる時、ある小さな事件が起こった。事件といえるほどのものではないが、それが孝平や周囲にある痕跡を残したことは確かである。

氷雨の降るある夕刻、一人の男が病院に救急患者として運び込まれた。街で行き倒れになっているところを通行人の知らせで、緊急搬送されたが、一目見て韓国人らしいことが分かった。疲労と寒さによるもので、簡単な治療を受けて孝平の隣のベッドに収容された。

本人は意識がしっかりしていたが、言葉が全く通用しないので、看護婦たちも近づかなかった。そのうち夕食の時間になり、各ベッドに食事が配られると、患者たちは待ちくたびれたように、一斉に食べ始める。檻の中の生き物のように、くちゃくちゃと食べる音や味噌汁をすする音が無言の部屋に充満する。

孝平がふと気がつくと、韓国人の前には食事の盆はなかった。彼はいたたまれず一人廊下へ出た。孝平が食後の一服のためにテラスに出ると、件の男が街の灯りを眺めながら、しきりに手で涙を拭っている。

孝平はその時、彼が置かれている状況を察知したという。介護の野田さんを捕まえて事情を聞くと、身分を明かすものは何もなく、財布の中に電話番号と名前が書かれたメモがあり、どうも密入国者らしいが、その電話の主が不在で連絡不能になっている。

人間様にお預けは通用しないよ、と孝平は言ったが、野田さんは何もできないと逃げるばかりだったので、一階のフロントへ降りて事務長を呼び、悪いことをして刑務所に入っても三度の食事が出る。これは人権の問題に関わることで、あとで厄介なことになる、と詰め寄った。間もなく彼に遅い夕食が出された。

孝平はなるべく彼と目を合わさないようにしていたが、野田さんと雑談している時、ふと目が合った。彼はその瞬間を待っていたかのように、孝平に向かって手を合わせたという。翌日、身元引受人が現れて、彼は退院していった。

孝平を駆り立てたものは何だったのであろう。日頃涼しい目で世間と距離を置いている孝平に、一連のこの行動は例外に属するものであり、見て見ぬふりができない痛切な思いが孝平の中に噴出したのだろう。

世の中というものは、人の不幸を土台に成り立っている。常々そう言っている孝平は、人の不幸や災難に敏感に反応する半面、そこに近づかない用心深さを持っている。普段あまり触れられていない感性に、世間の風が吹き込むのを警戒し、自分の殻の中に閉じこもっていたといえよう。

「いったい何をお話ししたの」

「どうして言葉が通じたのかしら」

娘たちの疑問や質問に、孝平はただにやにやしているだけだった。

これに似たような話を、勉は京子から聞いたことがある。

戦前、彼女が小学生三年の頃である。ある雪降りの日、孝平が仕事を休んで一人で好きな歌舞伎を見に行った帰り道、家の近くで一人の浮浪者が、家の門柱のそばにうつ伏せになって倒れていた。その頃、川向こうの原っぱに浮浪者のたまり場があり、そこへ行く前に空腹と寒さで力尽きたのだろう。

孝平はその浮浪者をわが家に連れて帰り、店の土間に寝かせた。すぐに畳屋さんに浮浪者が泊まっているということが近所に知れ渡り、近所の子供たちが入れ替わり店の硝子戸に顔をつけて中をのぞくので、京子は恥ずかしい思いをしたという。その夜、温かい食事を与えられ、畳床に寝かされた彼に何枚もむしろがかけられ、翌日、おにぎりをいっぱい背負って帰っていった。

韓国人の一件があってから、孝平は患者や付添婦から一目置かれるようになり、野田さんも親身に孝平に接するようになった。あれほど嫌がった病院の生活にも慣れてきた。この小さな社会は孝平を受け入れ、孝平もまた、そこに自分の安らぎの場を見出したのである。

第十章　回想

孝平の入院が三カ月を過ぎた頃、肺の機能も正常に回復し、日常の起居も楽になったので、一度自宅に戻って様子を見ることになった。当面は妙子が同居して面倒を見ることになった。

しかし、一カ月ほどで再び孝平は病院に戻った。じめついた梅雨の気候がよくなかったともいえるが、孝平と妙子の親子関係にも原因があったともいえる。

妙子は孝平からの信頼があつく、良き話し相手であったが、更年期を過ぎたあたりから自分の中に籠もり、周囲への気配りや生活面の機敏さを欠くようになった。

かつて志津と帯を投げ合った時の光景が、孝平の心底に色濃い跡を残し、やがてそんな妙子を孝平は冷たく見据えるようになった。このいやしがたい親子の確執に気付いた孝平は、独りでさっさと病院に入ってしまった。その間の経緯について、妙子からは妹たちへ何の説明もなかった。その頃から姉妹の間には、ギクシャクした不協和音が、目につくようになったのである。

もともと孝平を頂点とする家族の在り方は、情報が家長に集中し、事が起きた場合いは協調しやすいが、子供同士のつなぎ目には弱いところがある。

いつか律子が、おじいさんは三人をうまく使い分けている、といったことがあるが、そのボスが病院に逃げ込んだ以上、三人三様の思い込みが加速されていった。

京子が孝平を見舞った時、孝平が京子にたずねた。

「律ちゃんから何か聞いたか」

「いや、何も」

京子は察しがついたが、しらばっくれた。

「俺が死んだら、あそこをアパートにするらしい」

「二人が話し合っているのを小耳にはさんだことがあるわよ。三人名義で建てるとか。あたしは反対よ」

「あいつら、何を考えているのか。弱ったものだ」

「二人でいろいろ話し合っているようだけど、あたしはタッチしたくないの」

京子は自分が蚊帳の外に置かれていることに不満を感じながらも、律子からの電話では、孝平を病院に追い込んだ妙子の独善を非難し、妙子の電話では、律子の調子の良さに文句をつける。何やら非力な小国の、裏表のある外交にどこか似ている。

孝平は孝平で、病院にいながら娘たちに吹き付ける妙な風を感じている。

「まあ、俺が死んだら、お前たちは分け前をもらって、あとはばらばらだな」

そんなことはお見通しよ、と言わんばかりに言う。これには京子がいきり立った。

にやにやしている孝平に、

「そんなことはないわ。おじいさんが死んでも、あたしたちは仲良くやっていくわ」

そう言いながら、普通の父親らしくないこの発言が、いかにも自分の父らしい、と思った。

「こういう育て方をしたのはおじいさんじゃないの」

京子は口の中でつぶやいた。

子供の頃、孝平は学校の成績や日頃の勉強には鷹揚だった。これからの女性は、独りで物事を考え、判断しなければならない、と言うのが口癖だった。

娘たちがいわば杉の木のように地面からまっすぐ伸びているのは、父親の訓育の賜物であるが、どれも枝ぶりがいまひとつなのは、たぶん父親の屈折した気性をそれぞれが受け継いでいるからだろう。

京子はいつもそう思っている。


甲府市の外郭にある竜王村が孝平の生地である。小さな地主の家で、子供の頃の孝平は体が弱かった。いつも廊下に座って終日富士山を眺めていたといわれ、田畑の収穫は小作の人たちに任せていた。年の離れた兄と二人兄弟であるが、親分肌のその兄は、昭和のはじめに妻子を残して大陸に渡り、行方が分からなくなっていた。

小学校を卒業すると、孝平は甲府市内のある畳屋に奉公に出された。その近くに同年輩くらいの少女が住んでおり、少女が毎朝、市内のミッションスクールへ通うその姿を見ながら、もし俺に娘が生まれたら、その学校へ行かせてやりたいという夢を子供ながらに持っていた。

二十歳の頃上京し、若くして一本立ちになると、幼馴染みだった小作人の娘と結婚して、落合に所帯を持った。そして三人の娘に恵まれた。

疎開先の甲府市で終戦を迎えた孝平は、律子と京子を少女が通っていたミッションスクールに通わせたところ、京子の担任の先生が、偶然にも孝平があの時、毎朝通学姿を見かけていたあの少女であったという。一つ話である。

畳業を生業としながらも、若い頃から人は人文によって立つという信念を持ち、いつも歴史書と文学書を座右に置いた。汗にまみれた作業衣にくるまれながらも、目元にはいつも涼やかな光を宿しており、京子はそんな孝平が好きだった。

孝平の入院生活は平穏のうちに過ぎていった。ベッドの上で正座している姿は、日常の煩わしさから解放されて、寄る辺なきことを尊しとする隠者そのものである。

娘たちも時々顔を出すが、用件が済むとすぐ、帰れと言われて追い返される。

「二時間かけてお目通りはたった五分よ。ばかばかしいけど仕方がないわ」

妙子はあきらめ顔で言う。

野田さんはよく気がつく人である。いつも二、三組の患者を受け持って手際よく動き、物腰は柔らかだったが、大事な話になると東北弁で強情な一面を見せる。

ある夜、交通事故で運ばれた若者が、臨時に孝平の隣のベッドで一晩過ごしたことがあった。かなりの重傷で応急処置はしたものの、一晩中うめき声が絶えず、孝平が野田さんに俺よりそっちを見てくれと言ったところ、野田さんは依頼を受けていないの一点張りで、孝平の申し出を断ったが、結局最後は彼女が受け入れて、一晩若者に付き添ったという。

「あのばあさんはよくやるけど、芯がきついな。ああいう女にはロクでもない男しかつかないのだ」

それを聞いた京子は顔色を変えた。

「ここは病院なんだから、自分勝手な見方で物を言わないでちょうだい」

孝平は野田さんが嫌いではない。お互いに言い合いをしながら納得することもあるし、そうでない時は野田さんが折れた。彼女も孝平を格好の話し相手として、よく世間話に興じていた。


ベッドが空いている時、よく浮浪者の臨検が行われる。彼らはそれと分かる服装で、手に紙袋を下げてぞろぞろ室内に入ってくる。風呂でさっぱりした体を備え付けの寝巻きでくるみ、通り一遍の検査が済むと、温かな食事が与えられる。集団の騒々しさはなく、とろとろした眠りの中で五体を伸ばし、昼間も静かに眠っている。ベッドの空き具合にもよるが、たいてい四、五人程度で二晩ほど泊まり、こざっぱりとした姿で退院していく。

このような底辺の人たちの様子を観察することも、時間を持て余す孝平の関心の一つである。人は誰でも、この世の危ないところを歩いている。平穏な暮らしの向こうに、常にこの世の奈落を見ている。時には慎重に世渡りしながらも、何気ない選択や決定が人の運と不運を分ける。孝平もベッドで夢うつつをさまよいながら、自分の過去のドラマに見入っているのかもしれない。

それから間もなく、やはり浮浪者風の中年男が孝平の隣のベッドに入院してきた。目じりにほくろのある男で、見覚えのある顔である。

かなり以前のことになるが、孝平がある工務店に出入りしている頃、その男が大工としてそこに勤務していた。酒好きの気ままな性格からか親方からあまり頼りにされず、そのうちふいといなくなった。今は肝臓を病んでいるらしく、土色の生気のない顔色を浮かべ、何をするにも緩慢なところが見える。時々姉らしい人が見舞いに来るが、独りで寝起きできるので付添婦はつかず、テレビや雑誌にも興味を示すことなく、終日布団にもぐっている。孝平はそんな彼と顔を合わすことを避けて、いつも背を向けていた。

京子が見舞いに来ると、孝平は京子を誘ってテラスへ行き、そのベンチでタバコを吸う習慣がある。ある日、部屋に戻る途中に孝平はトイレに入り、京子が先に病室にもどって孝平のベッドでぼんやりしていると、その男が京子にタバコを買ってきてくれと小銭を渡した。とっさのことで、彼女はいわれるまま階下の自動販売機まで行こうとすると、入り口で孝平とばったり出会った。

「どこへ行くんだ」

「隣の人に頼まれてタバコ買いに」

「そのお金をこっちに」

孝平はその小銭を持って、男のところへ行き小銭をつき出した。

「こういうことは病院の人に頼んでくれ」

彼は黙って受け取る。孝平がベッドを離れた時、

「さっきはごめんなさいね」

と、京子は男に詫びた。

「いや、いいんだ」

「全く頑固なんだから」

「ああ、全く頑固だ。でもいい人だよ」

京子は男の無頓着な態度に安心した。


志津の通夜に見えた近所の老人は、孝平より早くここに入院したが、ボケ症状がひどくて別の病院に移され、間もなく自宅へ引き取られたが、数日前、再度ここの特別室に入った。ここに死に場所を求めたかのように、二日後の早朝に息を引き取った。明け方、薄明かりの廊下を、人声や足音が束になって階下へ消えていった。孝平は、俺もいつかはこの部屋から特別室に入れられ、間もなくわが身を横たえながら、地下の霊安室に運ばれるのだ、と思った。

秋の気配が濃くなったある夕刻、病院のテラスで京子は孝平とタバコを吸っている。

その日、彼女は用事があって遅く来たので、孝平は夕食を済ませていた。夜八時までが面会時間であり、部屋や廊下の片隅で、家族の語り合う光景が見られた。京子は孝平の顔を見てすぐ帰ろうとしたが、孝平に呼び止められて、テラスで少し休むことにした。

通り雨の後の街並みは、幾分明るさが漂い、一本の街路のはるか遠い空には、夕映えが広がっている。沈みゆく太陽の強い光に赤く染められた雲が、濃淡を交えながらゆっくり動いている。空と地上が一つになったその深い淵から、夕べの優しい街の素顔が現れた。

孝平は街並みを見下ろしている。この時刻、濡れた路上には商店の灯りが流れ、駅から吐き出された人波が続き、呼び声や車のクラクションの懐かしい響きが、生暖かな風の中を立ち上っていく。大きな本屋の明るい店内にはちらほらと客の動きが見え、スーパーの角の花屋の前には、歩行者が足を止めている。

気持ちのよい風が二人を包む。孝平は二本目のタバコに火をつけた。

「京ちゃん、俺は今年いっぱい持たないぞ」

孝平の口から死という言葉を聞いた時、京子は逆らわなかった。反射的に言った。

「駄目だよ、おじいさん。暮れは忙しいのだから」

「ああそうだな。年が明けてからか」

「おばあさんの時は寒かったからね。あたし寒いお葬式は嫌だわ」

「春まで待ってくれればいいが」

孝平はタバコがとぼれていくのをじっと見つめている。

「俺も長く生きすぎたよ。これからよいことがあるわけではないし」

「でもね。明治から平成まで四代を生きてきたのよ。世の中の移り変わりを見てきたことは素晴らしいことだわ」

「そうだな。長生きしてよかったか」

「これから世の中はどんどん変わっていくわ。それをしっかり見つめるのよ」

二人で孝平の死をお手玉しているうちに、京子は切ない思いより、何かの恩寵を受けているような厳粛な気持ちになった。久しぶりに孝平と本音の会話ができたと思い、姉たちとはこうはならない、とちょっぴり胸を張った。

あたりが暗くなるにつれ、街の灯りはいっそう輝きを増していった。

第十一章　無常

その翌年、梅の便りが聞かれる頃になっても、孝平は変わりなく病院で日々を送っている。自分の死に対する予言は見事に外れたのである。医師によると、病状はことのほか安定しており、暖かい季節に向かって、むしろよくなりつつあるという。

夜、消灯後の病室で、余命を数えながら眠る孝平は、朝目覚めると、朝ものかかった民家のたたずまいを窓越しに眺めながら、自分が檻の中に閉じ込められているという不安をいっそう強くした。そして孝平の一日は、病室の入り口にある新聞を持参することから始まる。食事の前後にゆっくりと目を通し、気分のいい時は、一階の待合室で雑誌を読んだ。

そんな父を見て、野田さんは、

「原さんの年になると、少しボケたほうが幸せなんだね。あれでは可哀想だよ」

と言うと、にわかに優しい口調になって孝平に接した。

その頃、見舞いに来た妙子に、俺はもうここから出られないのかと、しきりにこぼすようになった。

「そんなことないわよ。元気になれば帰れるじゃない」

「俺が最古参になったようだな」

「死ぬ、死ぬと言って、死ななかったのだから。いまはいい状態なのよ。先生もそう言っているわ」

「それは違うな。俺は点滴でもっているから、帰れないのだ。ここで死ぬことになっている」

妙子はそれ以上慰めの言葉が見つからない。孝平の言うとおりかもしれないと思う。

野田さんが、田舎のお土産といって、お菓子を持ってきてくれたので、妙子はやっと孝平から解放された。

ある日曜日、新宿へ出た勉と京子は帰りに孝平を見舞い、夕食の後、テラスで一服していると突然孝平が言った。

「昨日玉ちゃんが死んだ。夕方車が来て自宅へ帰ったよ」

「あら、そうだったの。しばらく見なかったけど、もう老衰ね」

故人は以前志津と同室だった患者で、志津よりいくつか年上である。最近話題になることはなかったが、だいぶ前から寝たきりだったという。

「気の強そうな人だったけど、年を取るともろくなるのだ」

「急カーブで悪化する人もいるし、なだらかな曲線をたどる人もいるが、こればかりはその人の寿命なんですね」

勉が言うと、京子は応えた。

「その点うちのおばあさんは、寝たきりということがなかったわ。そういえば、田舎の祖父や祖母もあっけなく逝ったわね」

「俺はもう、出られそうもないな」

夕陽をまぶしそうに受けながら、孝平は無心にタバコを吸っている。勉にとって久しぶりの孝平の顔である。

今年の二月の初午は病院から日帰りで自宅に戻った。口数も少なく、料理も少し手をつけた程度だった。顔がむくんで、目鼻立ちの輪郭が着古した上着のようにたるみ、目でものを言うあの深いまなざしは、うつろで生気が失われていた。孝平の初午はあっけなく終わった。


テラスで一服すると、お手洗いに孝平を残して、二人は孝平のベッドで待っていた。しばらくすると、孝平は目に涙をためて帰ってきた。

「どうしたの」

京子が反射的に聞くと、

「いや、何でもない。お前たちはもう帰っていいぞ」

孝平はそっけなくそう言うと、ベッドの毛布をかぶって寝てしまった。あっけにとられている二人を、野田さんが促した。

「年寄りは気持ちの起伏が激しいからね。ああ言っているんだから、お帰りなさい。あとは心配しなくていいよ」

孝平に何があったのだろう。帰り際に勉が手洗いに入ると、そこには便器や小水の瓶が無造作に置かれ、強い消毒の匂いが鼻を打った。びくびくしながら用を足していると、目の前の曇りガラスが割れているのに気がついた。鋭角に切り取られたガラスの縁は、角度によって赤い光を反射し、手のひらほどの割れ目から、夕べの空と民家の灯りが望見される。それはベッドからの変哲のない下界とは異質の、悲しいまでの深い夕影の色をたたえている。

「ああ、これだったのかもしれない」

勉はそう思った。

帰りの電車の中でも、京子は孝平の涙にこだわっていた。

「どうしたのかしら、父は」

「心配することではないさ。気持ちが高ぶったのだろう」

「このまま病院にいるのかしら。あたしたちはこれからも、こうしてずるずるしていくのかしら」

「それは分からないよ。まあ、適宜対応していくことだな」

電車のつり革につかまりながら、勉は孝平の涙の理由をたどった。穏やかな桑園にあって、孝平は自分の心を巡りながら、思いもかけぬあの夕焼けの色に出会ったのかもしれない。帰りたい気持ちもあるだろう。孝平の家はあっても、迎え入れる家庭はないに等しい。そのことは孝平が一番よく知っていることである。

梅雨の終わる頃、孝平は突然退院を言い渡された。毎日の点滴と安静のおかげで肺にたまった水はあらかたのぞかれ、日常生活に支障がないほど状態は安定している。いずれもとの悪い状態に戻ることは十分予想されるので、定期通院は欠かさぬように念を押された。

「困ったわね。これから暑くなるというのに」

「秋まで置いてもらえないかしら」

あまり急な話だったので、受け入れ側も困惑したが、当面は妙子が面倒を見ることになり、それからのことは、追って相談ということになった。

家の前でタクシーから降りる時、孝平は軽いめまいを感じ、入り口の柱に寄りかって体を支え、妙子が鍵を開けるのをじっと待っている。前の洋品屋の奥さんがそれに気付いて飛んできたので、妙子が挨拶している間、京子が孝平を促して家に入れると、額にべっとり汗をかいていた。

「やっぱり病院と違うのね」

「一度空気を入れ替えようよ。クーラーはそれからだわ」

二人で部屋の中を動いている間、どう気が向いたのか、京子は部屋の掃除を始めた。掃除機の騒音が間遠くなっていく中で、孝平がそれとなく部屋に目を凝らすと、一年ぶりに見る部屋の様子は、志津の不在をのぞいて何も変わっていない。今こうしてタバコを吸っている自分が不思議な存在であり、これが俺の新しい住み処なのだ、とつぶやいた。

布団に入る前に、孝平はコーヒーを所望したので三人でお茶にする。クーラーも効いてきて、心地よい涼気がテーブルを包む。

「俺は浦島太郎みたいだな」

「そんなおとぎ話の気分じゃないの。当分妙ちゃんがいるから、よく言うことを聞いてね。律ちゃんもあたしも来るからね」

孝平は黙ってうなずいた。

「ところで京ちゃん、去年買った石灰を今年も頼むよ」

「あら、今年も撒くの」

京子は何をいまさらと思ったけど、逆らわない。

「買ってくるけど、あたし、縁の下はごめんよ」

「いいわよ。あたしが撒くから」

台所から妙子の声がする。京子は孝平の耳元で、

「膝のシップは自分でやるのよ。何もかも、おばあさんのようにはいかないんだから」

「ああ、分かったよ」


孝平と妙子の生活は、必ずしもしっくりいっているようには見えなかった。何かにつけて、孝平はそっけない態度で妙子に接した。

先日もお茶会に出かける妙子を、たまたま居合わせた妹たちが気持ちよく送り出すと、傍らの孝平は、妙ちゃんがお茶かねえ、と言ってせせら笑った。彼女は孝平の針の一言を黙って胸に納めた。

老人との生活は身近にいる者ほど損な立場にある、と言われるように、その頃の妙子は、孝平から遠ざけられているという思いに悩んだ。ただ、二人の関係はギクシャクしながらも、世の一隅の老人家庭らしい静かな生活に落ち着いてきた。それは何よりも妙子がだんだん志津に似てきたからである。

薄暗い部屋でつまらなそうにテレビに見入る妙子と、いぎたない格好で寝ている孝平の寝姿には、どこにもある老人家庭の安穏ぶりが感じられた。

珍しく梅さんが訪ねてきた。志津が死んだ頃は週一回お線香をあげに来てくれた。孝平の入院中はいつも戸が閉まっていたが、昨日退院したことを聞いて、早速見舞いに来てくれたのだ。

そしてつい十日ほど前に、病院の待合室で会ったゆきえさんの夫、オートバイのおじさんが死んだことを知らせてくれた。自分の思いを存分に発揮してきたわがままな人生だったが、最期は一人寂しく死んでいったという。米屋の老夫婦も旦那の方のボケがひどく、あちこちの病院をたらい回しにされているようだが、詳しいことはあまり伝わってこない。今元気なのは、うなぎ屋と肉屋の夫婦だという。

孝平は梅さんの話をじっと聞いている。それから、

「気分がいいのは、朝起きてお天道様を拝んだ時だな。あとはどう過ごしているのか、俺にも分かんねえな」

そうひと言って横になってしまった。

梅さんは妙子としばらく話し込んで帰っていった。土間に降りる時の後ろ姿が、丸い背中に頭部がめり込んで、一回り小さく見える。梅さんも秋になったら長男夫婦の大所帯から、房総に住む次女のところに引き取られ、そこで余生を送ると言う。妙子は玄関先に出て、梅さんの姿が消えるまで見送った。

その頃、孝平は大好きなウナギをよく食べた。もっぱらなじみのうなぎ屋から取り寄せるが、それに飽きると、今度は海苔巻きが食べたいと言う。子供が遠足に持っていく、あの干ぴょうとおぼろの入ったそれである。早速妙子が財布を持って、中井駅のあたりに買いに出かけた。

孝平はもう新聞も読まず、テレビの番組にも関心を示さず、妙子に対しても、何気ない会話から突然語気を荒くし、高飛車な態度を取るようになった。相手を思いやる余裕はなくなっており、自らの不安定な心情を吐き出すと、その次に来る空しい時間をぼんやりと過ごした。

孝平は毎朝洗面所で髭を剃るが、その時間が少しずつ延びていく。一度剃ったところに指先を当て、それが一つの楽しみのように、また同じところを何回も剃るうちに、鏡の前に立っている孝平の顔に血がにじんでくる。そこにはわが身をさいなむ、老いの執念の哀れさが漂う。

京子はそんな孝平を見て、ため息をついた
「あれは欲求不満よ。生きていることにかったるくなったんだわ」

それから数日後、みんなが寄り合った時、このことが話題になり、誰かが言った。

「そういえば、ひげそりのあとがなくなったね」

「鏡で自分の顔を見れば、いかに馬鹿げたことか分かるでしょ」

と妙子が言うと、

「ああやって寝ていることが多いの」

「もう何にも興味を示さなくなったのか」

「何しろ八十六でしょ。我々の考えでは追いつかないのよ。神様にお任せするほかないわ」

「妙ちゃんも、いろいろ大変ね」

「あたしもしゃくだから、老いの末路を冷静に観察しているの」


その日の夕刻、水野は用事があって外出しており、山下は顔を赤くしてごろ寝している。四人がテーブルを囲んでお茶を飲んでいる時、誰が言うともなくつぶやいた。

「京都はもう何年、ご無沙汰しているのだろう」

「母が八十の時、体調がすぐれず、京都行きを取り消して以来ですから、もう六年になるかな」

勉は自分が企画して取り消したので、よく覚えていた。これまで孝平と志津を含めた八人で、京都の伏見へのお参りが、五年ほど続いた。荒神橋のたもとにある宮家の別荘が官公庁職員の宿泊所として開放されていたので、そこを定宿とし、二台のタクシーで著名な寺院を観光して回った。

妙子が言う。

「時々思い出したようにアルバムを開くけど、一枚の写真を見ているだけで、いろいろなことが思い出されるわ」

すぐ律子が同調して言う。

「最後の日、八坂神社に行った時、あたしたちだけで公園を自由に歩き回っているうちに両親を見失い、探したことがあるでしょう。そうしたら、ある古めかしいお茶屋さんの椅子に二人で腰掛けて道行く人を眺めていたわ。遠くから眺めると、何かジーンと胸が詰まってね。二人の写真というと、あたしはすぐそれを思い出すの」

おしゃべりは尽きることなく続けられる。夕刻の商店街の雑踏からひときわ声高な呼び声が風に乗って聞こえてくる。

勉はみんなの顔を見比べながら言った。

「実はおばあさんの四十九日が過ぎた頃、おじいさんに高野山へ行こうと誘ったところ、俺はもうは無理だと言われた。前からおじいさんは、高野山を見てから俺は死ぬ、と言っていたので何となく言い出しにくかった。それからおじいさんは、俺がいなくなったら六人で京都へ行くだろうから、今度は京都を起点に高野山や那智熊野や天橋立など見てくるといい。見るところはいっぱいあるぞ、と言っていた」

勉の話をきっかけに座は盛り上がっていく。

「この神棚は小さい頃からあったし、子供ながら毎日手を合わせて育った。両親に代わってお参りするのはごく自然のことよ」

「せめて私たちの代までは京都参りを続けないとね。でも楽しみができてよかったわ」

その時、妙子が声を低くして、

「ここだけの話だけど、おじいさんの定期預金がかなりあるのよ。定期の書き替えで分かったの」

続けて律子が言う。

「盆暮れには銀行からの結構な進物があったでしょう。やっぱりね」

「将来的にはこの土地を売って三人で分けるけど、それまでは父のお金で京都へ行けるわ」

妙子が宣言した。

「嬉しいわ。あたし天橋立に行きたい」

京子の甲高い声を妙子が制した。


孝平は奥の部屋で、とろとろと眠りをむさぼっていた。居間にいる娘たちの歓声が、間遠く耳元に心地よく響いている。

夜の帳《とばり》が下りる頃、座を切り上げて、めいめいが帰り支度を始めた。妙子夫婦が泊まるので、ほかの四人は重い腰を上げて孝平に挨拶に行こうとすると、父は床に這いつくばる格好で、寝ぼけた顔を上げた。それはヒナ鳥が無心にうごめいているように見えた。いやそうではない。日がな一日、孝平は口から糸を出しながら自分の巣作りに熱中しているのかもしれない。孝平はさなぎになりつつあった。

終章　旅立ち

晩秋のある日、前年の一周忌に続いて、志津の三回忌が東久留米の菩提寺で行われた。集まる顔触れは決まっているが、年寄りたちの一年の長さを推し量るよい機会でもある。

いつものように横浜や横須賀の老夫婦が現れると、待合室は一段と賑やかになる。腰の曲がった志津の妹たちは部屋に入るなり、

「みんなお変わりないようね」

と先手を打ったので、律子は、

「いま、あたしが言おうとしていたの。皆さんもお変わりなく。今日は遠いところをありがとうございました」

そう言って忙しそうに部屋を出ていった。

しばらくの間、挨拶や親しい言葉がテーブルを行き交う。

「姉さんが亡くなってもう二年ですね、あの生真面目な顔が時々夢に出てくるのよ」

お茶で手を温めながら、横須賀の叔母がしんみりと言う。

この一年で変わったことと言えば、律子に二人目の孫になる女の子が生まれたことである。孝平に抱かれた生後六カ月の赤ん坊は、騒がしい周囲を無心に眺めながら、おとなしくしている。

「女の子だけあっておとなしいのね」

叔母たちがのぞき込むと、妙子が言う。

「この子は律ちゃんに似て、肝が据わっているのよ」

そこへ住職と打ち合わせを終えた律子が入ってきて、孫を受け取ると、

「男の子と違って、育てやすいのよ」

しきりにからみつこうとする兄を払いながら、赤ん坊は二人の叔母に渡され、やがて孝平のところに落ち着いた。

料理屋へ行っても、孝平は曾孫を離そうとはしなかった。孝平はみんなの話に加わることなく、ひとり静かに赤ん坊を抱いている。あやすこともなく、これまでの長い時間を慈しむように、じっとのぞき込んでいる。

横須賀の叔母が、それを見て、

「義兄さんには、女の子が似合うわね」

ざわついている空気が一瞬やんで、みんなの視線が孝平に注がれる。微笑みが父を包む。孝平は無心に赤ん坊をしっかりと抱いている。

「この子は父親が抱いてもむずかるのよ。よくおとなしくしているわ」

律子はそう言いながら、孫を受け取り、孝平に食事を促した。

それから数日後、律子から妙子に電話がかかってきた。律子は妙子に孝平の様子をたずねながら、昨夜、嫌な夢を見たと言う。

律子が言うには孫がこの二、三日下痢をしておむつを汚すので、それを気にしていたところ、孫の夢を見たが、そのそばに、おむつをした孝平が裸のままごきげんな格好で寝ていると言う。

「おじいさん、どうしてこんな格好になって」

律子は自分の悲鳴で目が覚めた。


妙子は別に変わったことはないと答えたが、朝起きた時の孝平の呂律がおかしかったことを、うっかり言いそびれていた。

翌日妙子は、重要なお茶会に招かれており、京子が落合の家に行くと、妙子は出かけた後だった。孝平は一人炬燵にいる。しきりに京子に話しかけるが、何を言っているのかさっぱり分からない。

「どうしたの。言っていることが分からないわ」

孝平ははっきり言おうとするが、言葉が口の中に詰まって出てこない。そのうち口惜しそうに口をつぐんでしまった。

京子は容易ならぬことを予感しながらも、一人でどうすることもできず、しばらく静観することにする。

「おじいさん、炬燵で静かにしていてね。体が温まれば治るわ」

京子は自分のマフラーをかけてやり、炬燵の布団の縁を直してそこを離れた。洗濯や炊事に小一時間かけて孝平のところに戻ると、もう正常な口調に戻っている。

「京ちゃん、少しの間、俺の手を握ってくれないか」

言われるまま、彼女は孝平のそばに正座して、孝平の左手を自分の両手で重ねて、膝の上に置いた。その時の孝平の手は、血の気がなく不気味に白かった。

遠い昔、孝平に手を取られていた頃の記憶が胸の内によみがえり、あれから五十年、今度は娘が孝平の手を温めている。この巡り合わせにためらいながらも、京子は必死の思いで孝平の手を揉んでやった。

「ああ、もういい。やっと温かくなった」

自分で両手を揉んだ後、タバコに火をつけながら、京子の持参した本に目を留めると聞いた。

「京ちゃん、何を呼んでいるの」

「新刊の推理小説よ」

「本を読むのはいいことだ。もう俺には活字は駄目だな」

「気分はどう。さっきはびっくりしたわ。朝はいつもそうなの」

「昼頃まで冷たいんだ。昨日あたりからお手洗いに行くのが辛くなったな」

「月曜日に、もう一度病院へ行こうか」

「まあ、みんなで話し合ってくれ」

孝平はうつろな目をテレビに向けた。俺の体はもう俺のものではない。気持ちや自助も全く通用しないほど、体のあちこちにすが入ってしまった。もう何とでもしてくれ、と孝平の表情はそう語っている。

京子は昼ご飯に、孝平の好きな卵入りのおじやと高野豆腐の煮つけと小エビのおすましを出した。孝平がうまそうに食べるのを見守りながら、やっと救われた気持ちになった。

夕方、暗くなりかけた頃、妙子が帰ってきた。茶道具のカバンを肩からおろすと、

「ああ、疲れたわ」

と言って畳にへたり込んだ。

「妙ちゃんも大変ね。無理してまたメニエールなんかにならないでね」

京子はあけすけに言う。

「今日一日、神経が張り詰めていたけど、これで一区切りついたわ」

「これからも、お茶のお付き合いがあるでしょ」

「あたしね、これを機会にお茶をやめようと思って」

「どうして、もったいないじゃないの。ずっと頑張ってきたのに」

「あたしなりに努力してきたわ。この努力に満足するか、さらに上を目指すか。いま、迷っているの」

そばで聞いていた孝平は言った。

「山下の負担になることは避けた方がいいな」

「あたしもそれを考えているの」

妙子の一日の出来事をおかしそうに聞かされた孝平は、寝ると言って立ち上がった時、ふらふらと尻もちをついた。

「大丈夫なの」

二人で付き添いながら、奥の部屋に孝平を寝かせた。

居間に戻ると京子は、妙子に目配せしながら、

「駄目だわ。とにかく病院に連れていかないと」

「あたしもこの二、三日、ちょっと様子がおかしいと思ったの。律ちゃんから電話があった時、そのことを伝えればよかったわ」

これまで病院から形式的な説明を受けてきたが、もう老人病ということで、治療よりも現状維持しかないと理解してきたため、病状の詳細は誰もよく分からない。とにかく、明日律子が来るから、明後日入院させようと言うことになった。

京子は家に帰ると、水割りを飲みながら、誰に言うことなく語り出した。

「おばあさんの時もそうだったけど、あたしは、父が死んでこの世からいなくなるなんて考えられないの。だからこうして、のんきに水割りなんか飲んでいられるのよ。もう駄目だ、と頭の中では承知しているけど、べつに悲壮感はないわね。目の前で父が苦しんでいれば、楽にしてあげたいと、必死になって看護するけど、一歩そこから離れると、人ごとになってしまう。あとはお互いに夢の中でつながっているみたい。

母が死んでから、ぼんやりしていると、必ず母があたしの中に現れるの。よく夢を見たけど、母はしゃべらないの。考えてみると、母は死んだ瞬間、母らしいいい母になって、あたしの中に生き返ったのね。人間の心って不思議だわ。あたしは毎日お線香をあげながら、母とおしゃべりするの。大晦日にあなたが台所の流しを詰まらせた時、あたしは、おばあさん助けてと必死に拝んだわ。死んでもう二年になるけど、あたしが生きている限り、母も生きているということね」

翌日、孝平は妙子に言われたとおり、午前中は床の中で過ごした。昼頃起きて顔を洗っていると、律子が来た。

「おじいさんが少しおかしいようだけど」

「今朝は落ち着いているわ。明日入院させようと思うけど、あんた来られる」

「いいわよ。あら、起きていたの」

「寝ても起きても同じよ。律ちゃんが来たわよ」

孝平は荒い息をしながら、妙子の手を借りながら炬燵におさまる。

「俺もいよいよだな」

と小声で言う。

律子はその時、孝平のタバコを持つ手が血の気が失せて、真っ白になっているのに気付いた。

「おじいさんの好きな干ぴょうの海苔巻き寿司を買ってきたわ」

律子が無造作にテーブルに広げ、寿司の一つを手にとって孝平に差し出すと、危なっかしく震える手でそれを受ける。

「こんな格好で食べる人ではないのに。どう、おいしい」

「朝飯を食わなかったからな。うまいよ」

それから律子は、孝平に聞こえぬように小声で妙子に言った。

「昔の粋な人がねえ、こんなになっちゃった」

孝平は無心に食べる。両手で寿司を頬張りながらも、その目は力なくうつろである。自分の老いを自分の手で刻んだ人の最後の姿である。

「食べられてよかったわ」

「明日入院するでしょう。あたしも来るからね」

「今日京ちゃんは来るのかい」

「用事があって駄目なの」

「そうかい。みんなにいろいろ迷惑かけたな」

「何言っているの。あたしたちはおじいさんの娘よ」

律子が耳元で大声で言うと、孝平は黙ってうなずいた。

「お茶を飲む？」

「いや、水がいい」

孝平はうまそうに、水を少し口に含んだ。

真夜中に妙子は、キーンという音で目を覚ました。ほんの一瞬であるが、凍りついた大気を引き裂くような鋭い音が、確か西方の彼方に走った。耳元に漂う残響を確かめながら、這って階下の気配をうかがったが、下の部屋は物音ひとつせずに静かである。あの不思議な音は何だったのだろ、と思いながらまた眠った。

その夜、京子は、久しぶりに志津の夢を見た。いつも夢の中で志津はしゃべらないのに、京ちゃん京ちゃんと呼ぶ声は、まぎれもなく志津の声である。あら、おばあさんがしゃべっている、と思いながら眠ってしまった。もしかすると志津は、三途の川のはるか彼方に孝平の影を見つけて、知らせに来たのかもしれない。

生前の孝平は、気分のいい時によく言ったものである。

「俺にもっと学問があったら、もう少し、ましな人物になっていたかもしれない」

また、こんなことも言った。

「世の中が貧しい時、俺も貧しかった。でも、平凡ながら長生きできたのだから、悔いはないさ」

霜の降りた晩秋の暁、孝平は八十六歳の生涯を娘たちに残して、この家からひっそりと旅立ったのである。

待つということ

（一）失業者の夫と妊婦

とろとろと水泡のような眠りが、まぶたの裏にくっついたり離れたりしている。どれも夢を含んでいて、それがまぶたに収まると、ぼんやりした映像が現れる。

深い林であったり、花園の道や窓辺の風景であったり、夢は雲のように自在にかたちを変えながら現れては消える。ふと夢から覚めると、折れ重なった夢の残骸がまぶたの奥にあった。

冬の午後の日差しは大きく西に傾いて、窓辺の木立の影が部屋の奥まで伸びて揺れている。私の横に座っている妻の静江は、妊娠四カ月で下腹部が少し目立っているが、今は縫い物に余念がない。妻の手が動くたびに、その手にじゃれつくように白い布が引き寄せられていく。

失業の日々の退屈な午後を、自分のことにかまけて過ごすことが多い私は、妻に声をかけることもなく、寝がえりを打つと、また眠った。

今度は台所のまな板の音で目を覚ました。もう陽は落ちて、アパートの裏側にあたる井の頭公園の森から流れてくる夕闇が、私の中の闇に重なる。

物音に気付いた静江が、

「あなた起きたの。ちょっと見せるものがあるのよ」

そう言って手を拭きながら、居間の箪笥の引き出しを開けると、「あなた、灯りをつけて」と言った静江の膝の上に、きちんとたたまれた白い布切れがある。

「どう、赤ちゃんの肌着よ。可愛いでしょう」

そう言って小さなかたちの白い布を私の前に広げる。私は思わず笑みを誘われながらその縫い物に見入るが、それは妙に存在感を誇示して私の目の前にあった。私は少したじろぎながらも応えた。

「可愛いね。こんなに小さいんだな」

「和裁は得意ではないから苦労したのよ。我ながらよくできたわ」

そう言って肌着に頬ずりすると、丁寧にたたんで引き出しに収めた。

それから数日後、東京は久しぶりに春の大雪に見舞われた。その夜半、静江がお手洗いに起きると、窓に白いものが吹きつけている。

「あなた、雪よ」

私は雪降りに驚くとともに、毛布を持って妻にかけてやる。

「大事な体じゃないか」

「東京でもこんなに降るのね。雪の音が聞こえるようだわ」

大粒の雪が空からとめどもなく落ちて、窓のガラスにさわさわと乾いた音をたてる。公園の中の電柱の灯りに照らされて、それは深い闇の天上から突然に現れた無数の訪問者のように、御殿山のマツやクヌギの高い樹木の根元に丸い土くれを残すと、一面を銀世界に変えている。右手の池のある低地では、風にあおられた雪が乱舞を繰り返している。雪明かりに包まれた静寂な公園は、さながら太古の世界の在り様を見せている。

私は静江の体の温もりを感じながら、二人でしばらく抱き合って窓辺に立っていた。

その日一日、テレビには雪のニュースが流れ、通勤客や車の渋滞の情景が映し出された。会社の残務整理に行くことになっていた私は、この雪のために出勤することもなく、ごろりと横になってテレビを見ている。

「今日お休みなら、吉祥寺で買い物してきてね」

ミシンを踏んでいる静江は、口数が少なく、何か思いにふけっている。

「東京の雪って、すぐなくなってしまうのよね」

「山形と違うさ」

「あたし何考えていたか分かる」

いたずらっぽい目で、私に振り返る。

「たぶん田舎のことだろう」

「この生活をそっくり、雪深い田舎に移したらどうかと、思ったの」

私は軽い笑いで応える。

「あり得ないことだけど、窓の雪を見ていると、そんなことを思いついたの」

静江はまたミシンを踏み始める。畳を這うような単調なミシンの音を聞きながら、私は久しぶりに幼い頃のミシンを踏んでいる母の姿を思い出した。


雪が小止みになる頃、私は家を出た。御殿山の雑木林の道を下ると、井の頭池の茶店のそばに出る。犬を連れた人たちが、降り積もった池のほとりを楽しそうに歩いている。写真を撮っている若者が、ふと私に気付いて頭を下げた。アパートの住人であることは知っているが、会釈を交わすのは初めてである。雪をかぶった弁財天のお堂の前を通り、桜の名所である広場に出ると、もう人影はなく、雪は静かに滑らかに大地や樹木に降り続ける。

いい雪景色だな。あたりを見回しながら歩いた跡を振り返ると、靴あとに土がにじんでいる。それは私自身の屈託のように点々と続いている。ゆっくりと池を回って、野外ステージ場まで来ると、ベンチに須田さんがいた。寒そうに体をゆすりながらタバコを吸っている。

須田さんは私を見るとびっくりしていた。

「久しぶりの雪ですな」

「妻が奥さんにはいろいろお世話になって、ありがとうございます」

「いや、うちのやつはそういうのが好きなんです。同郷ですし、いい話し相手ができたと言っていますよ」

「妻も、何でも話ができる人と言っています。これからもよろしくお願いします」

初老に近い須田さんは、アパートのすぐ裏にある傾斜地の小さな家に住んでいる。戦前、このあたりの地主の閑居だったところを借りて、持ち主の代行として私の住むアパートの家賃の集金などの管理を任されている。世話好きな夫人は妻と同郷のよしみから、時々もらいもののおすそ分けを持って現れると、親しく話し込んでいった。妻に内職の仕立て直しを勧め、知り合いの仕事を紹介したのも夫人である。

一人息子がいるが、結婚した妻と別れて現在、浜松の工場に勤務しており、小学三年生の息子が須田さん祖父母に引き取られている。

「ちょっと聞きにくいんだけど、村井さん、会社が倒産したんですって？」

「ええ。今年の一月です。平成バブルの崩壊で資金繰りに行き詰まり、沈没です」

「繊維は好調と聞いていますが」

「衣料品の需要は旺盛ですが、中国や東南アジアからの輸入が増えましてね。繊維の卸業は潤沢な資金とか販路の太いパイプがないとじり貧になるんです」

「これから大変ですね。でも若いからいいですよ」

「しばらく残務整理ですが、何とかなるでしょう。いや何とかしますよ」

私は笑いながら須田さんと別れると、吉祥寺駅のショッピングセンターへ向かった。

その夜、田舎風のなべ料理を食べながら、妻は雪国の食生活に関する住人たちの知恵のあれこれを、面白そうに話してくれた。

(一) 失業者の夫と妊婦

私が静江と結婚してからまだ一年になっていない。繊維問屋の販売員として山形・秋田地方を担当していた私は、静江の勤める叔母の洋装店に月に一度通い、婦人服の縫製の責任者である静江から、直接注文を受けることが多かった。ある時、店内の生地売り場で親しく話をしているところを叔母に見られ、それとなく結婚の打診があった。

彼女の両親はすでに亡くなっており、たった一人の弟は亡き父と同じ電力会社に勤務して、もう一人前になっている。これからは彼女のことを考えてやらねばならない。おとなしいけど気丈なところがある彼女を手放すのは痛手だけど、東京へ行っても仕事が確かだから心配ないわ、何よりも、堅実なあなたにはぴったりだと思う、と、叔母は付け加えた。

静江と付き合っている間、私は彼女の実家に一度遊びに行ったことがある。紅葉の季節が終わってあとは雪を待つだけの時期で、彼女の弟が案内してくれた。温泉で有名な山形のある町の郊外の、枯れ落ちた山里を縫いながら車を走らせる。

私の目に映るのは、何にもない冬枯れの風景であるが、そののびやかな起伏のある地形に思いを深くした。やがてこの地に雪が降り積もり、春になると若い芽が一斉に噴き出し、夏には真っ青な空に入道雲が立つ。秋たけなわには、落葉樹林や小川のほとりの灌木までが、紅葉の色を競い合う。

「こういうところで生活したら、いいだろうな」

私は思わずつぶやいた。

「あたしは春が好きよ。雪が解けて地肌が現れると、待ってましたとばかりに、春の雑草が青い茎を伸ばしてくるの。ふきのとうや雪割草や福寿草を見つけた時って無邪気な気分になるわ。木の花では、やはりこぶしが好きかな。あれはね、下から見上げると白い花が青空に引き立つのよ。春爛漫の四月末からゴールデンウイークにかけてね、ここは東に蔵王連峰、南に飯豊山脈、西は少し行くと、鳥海山がそびえているわ。花と残雪と五月晴れの組み合わせは見事よ」

静江との逢瀬では、私はもっぱら聞き役であったが、彼女の真摯なまなざしが私の胸の内に強く残った。

今年の一月末、銀行の交渉が不調に終わったため、株式会社三商は第一回の不渡りを出して倒産した。役員さえ寝耳に水の突然のことだった。総合卸問屋の中堅どころとして伝統があり、東北一帯に得意先が多く、何より社員の和と堅実な運営を特色としてきたが、その保守的な経営が足を引っ張り、様々な面で後れを取ったことは否めない。販売では衣料品スーパーとの取り組み、商品では自社企画の開発、価格競争に耐え得る輸入品の拡充など、経営革新を方向づける船頭が不在で、成り行き任せの経営になり、毎期じり貧の業績を余儀なくされてきた。

有力な関西地方にある商社の主導によって債権者会議が開かれたが、一枚岩といわれた社長派と役員との内部抗争などもあって、第二回は無期延期になった。当面は在庫の返品や売掛金の回収などが業務とされているが、一部得意先への不払い対策も難しい課題になっており、これは役員の任務である。

会社がここ数年、大口得意先への販売不振や値引き返品などに悩まされていることは私なりに承知していたし、先行きに懸念を持っていたが、一社員としてはどうにもならない問題であり、自分の仕事に精励するほかなかった。だから第一回の不渡りを朝出勤して知った時、来るべきものが来たと思ったが、目先の生活に今のところは支障がない以上、極端に悲観して落ち込む理由はなかった。将来の不安に対して私の想像力は働かなかったのである。

夕食を済ませてから、私は妻の目を見つめながら、ことの次第を説明すると、案に相違して妻は冷静だった。

「会社が苦しいことは叔母から聞いていたわ。手形の前払いが多いんですってね」

「ああ、一度断られたからな。いまは叔母の店では売掛以外の貸借はないよ」

「そう。仕入れ代金だけで済むのね。世の中にはいろいろ予期しないことが起きるわ。大切なのはこれからね」

「君は驚かないのか」

「びっくりしたけど、あなたが怪我したり病気になったりしたわけではないのよ。この方がよほど怖いわ」

「意外に強いんだな」

「いまのあたしは一人じゃないのよ」

「ああ、そうか。そうだったな」

新婚夫婦の冷静な会話を包むように夜が更けていく。


その夜のことを私は忘れない。私はおずおずと話を切り出した。

「実は赤ん坊のことだけど、僕がこんな状態にあるから、今回はおろせないか」

その時、静江の顔色が変わった。

「何言うの。そんなのひどいわ」

「いや、僕もいろいろ不安なんだ。どうせ産むなら、もっといい時にと思ったんだ」

黙りこんでうつむく妻の横顔が、もう聞きたくないと言っている。車のヘッドライトが窓を照らしながら、夜道を通っていく。

ややあって、私が口を開く。

「可愛い赤ちゃんを産む機会はこれからもあるさ」

「それは親の都合よ。いい時ってどういう時なの。いまお腹にいる赤ちゃんの命はどうなるの」

私は言葉を失い、そのうち妻はしくしく泣き出した。抑えた低い声が畳を這う。

「あたし、両親が早く死んだから、家庭の温かさが欲しかったの。赤ちゃんを産んで育てるのは、女の切な願いよ。神聖なことだわ」

そうして母の死が、と言いかけた時、妻は泣きじゃくり始めた。涙が堰を切ってあふれると、その顔を私に向けて、何か言ったがよく聞き取れない。部屋に無言と嗚咽が漂う。私はその涙を見つめながら、この人は母親が死んでから、ずっと涙を我慢してきたのではないか、と思った。

結局私が折れた。

「君の気持ちはよく分かった。赤ん坊を産むことにしよう」

「ほんとうにありがとう」

言葉を詰まらせながら、妻はさらに泣いた。そのくしゃくしゃな顔を見ながら、私自身が妻に一歩引き寄せられたなと感じた。

季節は梅や桃の花から桜へと、移り早に過ぎていった。花見客で賑わう井の頭公園や動物園を避けていた近隣の住民も、朝に夕にちらほらと舞い戻るようになり、いつもの公園の静かな光景が現れた。

私の住むアパートも窓が開け放たれ、その前の広場では、終日子供たちの歓声が絶えなかった。

静江もブラウスとカーディガンのこざっぱりした服装になり、お腹のふくらみを隠すために、スカートをはいている。あの涙の夜から、静江は一皮むけたようにおしゃべりになり、それはおもに、無頓着な夫への不平になって向けられた。

「あなたちょっと来て、あそこの女の子たちの一番右の子よ。今度信州の田舎に帰る時の洋服を縫ってあげたの。利発な子よ」

静江はお腹をさすりながら、

「やっぱり女の子がいいかな」

「俺は男の子だな」

「いや、最初は女がいい。きっと次に生まれてくる男の子をよく面倒見てくれるわ」

「いまの男の子は、意外に母親になつくものだよ」

「そうね、元気な子だったら、何も不満はないわね」

その頃から妻のつわりが、一目でそれと分かるようにひどくなったが、内職の仕事に向かう強い気持ちが、幾分つわりを和らげているように見えた。私の中では、依然として失業の二文字が跋扈しており、そのこだわりが、平穏な日常生活の表面に浮き沈みしている。

ある日会社から帰ると、

「あなた、叔父さんから手紙が来ているわよ」

と、静江が差し出した手紙の文面には次のようなことが書かれてあった。

かつて哲夫を今の会社に世話した時、候補として二社があった。前者は伝統もありしっかりした会社だが、後者の方が若い経営者で活力もあり、むしろ君の将来のためになると考えた。結果として会社が倒産し君に迷惑かけて申し訳ないと思う。友人の在籍する前者では、君のことを即戦力として欲しいと言ってきた。いろいろ事後処理があるだろうが、よく考えてほしい、と書かれてあった。

「どんな手紙だったの」

「同じ日本橋の問屋で、僕を即戦力として欲しいと言ってきた」

「そう、いいお話ね。どうするの」

「あの会社には未練がたっぷりあるからな。じっくり考えるさ」

「ゆっくりすると、あなたの席がなくなってしまうわ」

「大丈夫だよ。その時はその時さ」

「今日山形の叔母から電話があったの。お店の方は仕入れ先もいろいろあって心配ないけど、私たちのことが気がかりですって」

「きっと君のことが心配なのだろう。二人とも元気でいるといってくれ。叔母さんの店の方も、扱っているものがいいからそのうちいい問屋がつくようになるさ」

妻が私の言葉に頼もしさを感じたのか、心もとなさを感じたのか、私には分からない。私はもう一度手紙を読み、叔父の好意を胸の内に収めると、手紙を引き出しの奥深くにしまい込んだ。


三鷹の職業安定所で月二回、失業保険が支払われる。その日は担当窓口で就職の意思や条件について二、三の質問があり、待合所で待っていると、名前を呼ばれて二週間分の失業保険が支給される。これが何となく嬉しいのだ。

井の頭公園に明るい陽が満ちる午前、池のほとりの高台にある喫茶店では、枯れた木立や散歩道の向こうに、キラキラ輝いている池の水面が眺められる。隅の暗いテーブルでコーヒーを飲みながら、私は一枚の絵を思い描く。母と子のたわむれる図柄に、赤ん坊の表情をつけたり、抱き合う姿を変えてみたり、時にはその声が耳元に聞こえてくることもある。

いっときの陶酔から覚めると、私は人の賑わう街へ出かけていく。そして時には新宿や渋谷まで足を延ばした。

(二) 残務整理

日本橋小伝馬町の通りを少し入ったところに、「(株) 三商」という看板を掲げる古びたビルがある。正面は閉鎖されて吹きだまりになっており、脇戸の狭い通路を行くと、社員用の出入り口がある。空っぽになった社内には、壁に沿って棚や敷き台が無造作に積み上げられている。正面の上がり口の大きな火鉢を囲んで来客用のソファーや椅子が置かれ、がらんとした広い床の奥が、硝子戸に囲まれた経理室になっている。畳敷きの二階と三階は立ち入り禁止になっている。

倒産後、六十人ほどの社員は解雇され、現在は毎日詰めている四人の元役員のほか、私など準幹部クラスの四人が週に三回通って残務にあたっている。

時折訪ねてくる若者たちは、この廃墟の中でひと固まりになって雑談を交わしながら時間をつぶしているが、彼らの中には新しい就職口を見つけて報告に来る者もいた。

今年一月の倒産直後は、ひっきりなしに訪れる債権者の応対に引き回されたが、三月に入るとめっきり減少し、今は深く関わりのあった取引先が、時折、その後の状況を聞きに来るぐらいである。

大口債権者である関西のある商社の社員は東京出張で立ち寄り、担当の役員から説明を受けると、

「あれから何も変わらないということですね。あんたたち、こんなことをしていたら、時間がもったいないじゃないですか、生活費も大変でしょう」

と逆に質問し、へんに役員の懐具合を探られて、役員が口籠もることがある。

関東地区の産地問屋の社長が久しぶりに現れた。呉服の担当役員が、一向に進展のない経緯を説明すると、彼は黙って聞いている。そしてきまりきった問答が済むと、だんだん普段の顔が現れてくる。

「お互いに若かった頃、人形町でよく飲みましたな。呉服物もよく売れたし、あの頃が懐かしいですよ。東京の出張が楽しみだったな」

「月一回そちらへ行くと、大いに歓待されましたからな」

二人は意味ありげに笑うと、そのうち別の役員も寄ってきて、昔話に気分が盛り上がっていく。

「この会社さえ何とかなれば、昔のようにお付き合いすることもありますよ。債権者会議ではよろしくお願いします」

役員たちは深々と頭を下げた。

同席する私は、債権とか債務とかいっても、それは所詮、人様の金を動かしているにすぎない。世の中の商売に関わる金融とは、個人の懐とは関係のないところで、持ちつ持たれつの関係で動いている。だから気持ちの割り切りが早いし、あんなに和やかに対面できるのだろう、と思った。

ある日、私と気心の合う一年先輩の荒川がふらふらと入ってくると、ソファーの上に体を横たえた。二日酔いである。一人身の彼は、会社の寮を追い出されて亀戸の場末のアパートに住んでいるが、後輩たちがよく遊びに来るので、気前よく相手をしているうちに、酒の深みにはまってしまった。

「あいつらが可哀想だと思うと、つい羽目を外してしまう」

と述懐するが、彼は今年中に、東北のある都市の著名な呉服店に婿入りすることになっている。彼の商売感覚は役員たちも一目置いており、先方から見込まれての婿入りである。

彼は私を見つけると、

「どこか飯でも食いに行こうか」

「あそこの喫茶店がいいかな。もうすいてきたろう」

私と彼は通りを渡って、なじみの喫茶店に入った。ランチとコーヒーを済ませると、

彼は一服つけながら、

「君も見たろう、うちの役員の無力さを。毎日通って何することなく終わる。あれでよく平気だな」

「この間、失業保険のことを話していたら、それを聞きかじってね、俺たちには何も出ない。毎朝かみさんから交通費と食事代をもらってくると言う」

「たとえ再建の途上では違法といわれても、何か金の入る算段があるはずだよ。年期を積んだ商人なんだからな」

どこか投げやりな荒川は根っからの商人である。対して私は、そんな良き先輩として彼に近親感を抱きながらも、少し距離を置いてついてきた。

「倒産は一種の災害だな。勤務する者たちにとって希望も生活も断たれるのだからな。いまは失業保険をもらって若い者は浮き足立っているが、いずれは自分で道を切り開かねばならない。この間ある役員が若者たちに、これは神様の与えた試練だから、君たちはそれを乗り越えねばならない、とお説教していたが、たとえ酒の席とはいえ、あんな暴言をよく言えたもんだ」

「自分のメンツを捨てて、社員の前で裸にならなければならないのに。逆だな」

「役員たちは許せないいな」

彼も私に視線を合わせて同調する。

「荒川さん、俺も彼らの経営能力に疑問を感じるようになったよ」

彼は椅子を座り直すと、

「俺が東北に行くのを知っているだろう」

「ああ、皆知っているよ。おめでとう。荒川さんの場合、見込まれていくのだからな」

「俺の本当の気持ちはここにとどまることだ。だが、将来に希望が持てないので決心した。先方にも金のことは任せるが、商売は俺に任せてくれ、と承知させたのさ」

「荒川さんが居なくなると寂しいけど、男の二十代は、いろいろ境遇が変わっていくからな。いつまでも相変わらずでは心もとないさ」

そう言いながら、私は自分を振り返る。高校時代の旧友たちはそれぞれ堅実な会社勤めの中で、確実に進化している。それに対し私自身は、相も変わらずの不甲斐ない現状を余儀なくされている、という思いに屈した。

荒川は気性が激しいが、商売の勘所をよく知っており、慎重派で理屈っぽい私とは妙にウマがあった。文字どおり良き相棒である。彼は近々アパートを引き払って千住の親戚の家に寄宿し、身を慎んで婿入りに備えると言う。

それから数日後、会社へ行くと珍しい人が来ていた。三年前寿退社した朝子である。テーブルには彼女の差し入れたケーキの箱が置かれ、みんなでお茶にするところであった。私と目を合わせると、朝子は軽く会釈してすぐ隣の若者の方に顔を向けたので、私ははぐらかされた感じがした。ケーキのお相伴にあずかりトイレに立った時、彼女は人目を避けるように私に近づいて、あの橋のそばで待っている、と小声で告げた。

あの橋とは会社から歩いて五分ほどの埋め立て地で、橋の欄干が掘割の名残をとどめている。そこは会社への道と反対方向で盲点になっており、彼女とのデートによく利用し、最後にすっぽかされたところでもある。

一時間後、朝子は橋のそばの小さな公園のベンチにいた。お互いに懐かしそうに挨拶を交わすと話し出した。

「三年前急に結婚話が決まり、そのまま黙って身を引いたので、あなたには借りがあるような気がしたの。やっと会えて嬉しいわ」

私は朝子をゆっくり見回し、少し肥って主婦らしい落ち着きが出てきたな、と思いながら、

「まさか君に会うとは思わなかったな。元気でよかったよ」

「会社があんなことになって大変ね。この前はあなたが来ていなかったけど、もし今日会えなかったら、諦めるつもりだったわ」

「今どこにいるの」

「赤羽に住む両親の家の近くにマンションを買って住んでいるの。昨年夫が名古屋に転勤になり、あたしも付いて行ったけど、父がだいぶ弱っているので、時々上京して両親の面倒を見ている。しばらくいるのよ」

「お子さんは」

「それがいないのよ。まあ、のんきでいいけど」

二人は歩きながら話に夢中になり、いつか寄り添うように歩いていく。朝子の太くてやわらかい腕が、私の左の腕に絡まり、乳房のふくらみを私の腕を押しつける。足の向くまま歩いていると、二人は見覚えのあるホテルの前に来た。そしてごく自然な形でそのままホテルに入った。

ダブルベッドの部屋に案内されると、待ちかねたように熱い抱擁を繰り返し、そのままベッドに倒れた。

「ほんとうに哲ちゃんとは久しぶりね。昔と少しも変わらないわ。あたしだけおばさんになっちゃって」

「いま哲ちゃんと呼ぶ人はいないね。君だけだ」

衣服を脱ぎながら、朝子の裸身が現れるのを見つめる。

「色の白いきれいな肌をしているな」

「少し運動すればいいんだけど、ビールばかり飲むから肥っちゃって」

朝子は経理部にいて、私より三つ年上であった。普段はあまり交流はなかったが、唯一つの共通の趣味である歌舞伎の話になると、彼女の机の前で親しく話を交わしたことがあった。ある夜、妹と歌舞伎へ行く予定が、たまたま妹が行けなくなったと言うので、誘われて私が同行することになった。

その帰り道、京浜東北線が事故で不通になり、一旦神田駅で降りたが、一向に回復の見込みがなく、朝子のあとについてこのホテルに泊まり、この年上の女を抱いた。それがきっかけで何回か逢瀬を楽しんだが、やがて彼女には、車の販売に携わる男性との結婚話が進んで、会社に何の挨拶もないまま、突然の退社になった。

朝子は人懐っこい無邪気な顔で私に接しながらも、心のどこかで頑なに一線を引いていたので、男女のこじれた関係にはならず、彼女は結婚を機会に、あっさりと私から離れていった。一方で私の方も、彼女とひとときを過ごしていると、野辺で花を摘んでいるような、大らかな楽しさが感じられた。だから彼女の突然の不在は心の痛手にならず、春霞の甘い夢のあとを、私の記憶の底に残してくれた。

その後の会社の状況については、何の進展も見られず、相変わらず宙に浮いた状態が続いていた。債権者側にも、多忙な日常の業務に追われて、債権者間の意見の調整に手間取っている様子が見られ、具体的な動きはほとんど見られなかった。

私たちの出勤も間隔を置くようになり、役員たちは毎日会社に詰めながら何もすることがなく、昔からの古い仲間たちの差し入れの酒を飲みながら、勝手に気炎を上げたり、不満を述べ合ったりしている。

休憩室の真ん中に置かれている大きな火鉢は、戦後、伝統のあるこの会社を再開した時、ある大手の産地問屋が寄贈したものである。この火鉢こそ、こうして玄関で客を迎えながら、これまでの盛衰を見守ってきたといえるが、今は引き取り手もなく、ソファーの真ん中で足を乗せられたり、灰皿代わりに利用されたりしている。

役員たちは昼近くになると、誰ともなくメモをとってラーメンかそばを注文する。めいめい勝手な方に向いて、しばらくはそばをすする音が部屋に満ちる。食べ終わるとまた、火鉢を囲んで一服つける。

春の午後の日差しはビルの壁に遮られて、戸口のあたりをほんのりと染め、薄暗い電灯の下で思い思いの背中がぐるりと火鉢を囲んでいる。もう帳簿を広げたり、電話をかけたりすることから解放された彼らは、先行きに対しても、身動きがとれないのだろう。無言の背中は、待つことの不安にじっと耐えているように見えた。

(三) 背徳

ゴールデンウイークを過ぎると、季節は少しずつ夏の気配を濃くしていった。梅雨の前触れの走り雨のあと、蒸し暑さが増してくる街では、道行く人たちがしきりにハンカチで顔を拭う姿が見られた。

その後も朝子との逢瀬は続けられた。最初の待ち合わせ場所は神田駅だったが、やがてホテルの一室になり、私の情動は直接朝子の体に向けられた。

朝子も薄手のワンピースに豊かな肢体を包んで現れると、暑いわと言いながら半裸の格好になり、冷蔵庫から缶ビールを取り出してうまそうに飲んだ。

彼女は下町風な飾り気のない物腰と年上らしい大らかさで接してくるので、行為の後も興がさめることなく、率直な和やかな会話が二人の間に分け入ってくる。

「あなたとお話ししていると、あの頃が懐かしいわ。あなたには何でも話せるもの」

「夫婦でも遠慮があるのかい」

「そういうわけではないけど、七つ違うでしょ。何もかもというわけではないわ。そこが恋愛と見合いの違いよ」

「君との関係は特殊だったからな」

「世間ではよくあることよ。あたしはいつも責任を背負っているわ。あなたの奥さんにすまないと思う」

いたずらっぽい目で私を睨みながら、腕を私の胸に乗せる。

「なんとも思わないと言ったらウソになる」

朝子はそれ見なさいと言うふうに、仰向けになって、

「家に帰ると、あたしの体にあなたの手の跡がいっぱい残っているわ」

「人それぞれに自分の世界がある。まあ、自分勝手な一面だが、それに執着するのがその人の業なのさ。誰にでも多かれ少なかれあるものだ」

朝子を納得させるには十分な理屈だった。

彼女はにっこりと美しい笑顔を向けた。

「あなたのそういう理屈っぽいところが好きなの。気持ちがキュンと締めつけられるわ。うちの人はそういう話はしないの」

朝子が軽い寝息を立てると、その子供っぽい顔を見ながら、失業の労苦と情事の悦楽の奇妙な組み合わせを、私は不思議な巡り合わせであると考えた。女の体の中には、日頃の癖や内在する願望が水の中の金属片のようにきらきらと輝く。そして思わぬ姿態が一瞬のきらめきになって私を陶酔に導くのだ。

私の腕の中で朝子は目を覚ました。

「会社が駄目になったら、どこか当てがあるの」

「おじが堀留のある会社を紹介してくれることになっている。まだ正式ではないが、たぶん大丈夫だろう」

「そう、それはよかった。これから子供も生まれるし、お父さんは頑張らなくちゃね」

「実は九月に生まれるんだ」

朝子は上半身を起こすと、軽く私をにらんだ。

「あなた、何も言わなかったじゃない」

私は微笑みを返しながら、

「君と居る時は、余計なものはいらないんだ」

「そうね、でもあなたのことは全部知っておきたいわ。女ってそういうものよ」

「名古屋へはいつ帰るの」

「まだ分からないわ。しばらく居たいけど」

「僕から言うのもおかしいけど、帰った方がいいな」

「それはあなたの良心の呵責からかしら」

「僕は保守的だからな。夫婦は一組とみている。それが一番いい形だ」

「そうね。あなたの言うとおりだわ」

彼女は真顔になって続ける。

「あたしね、あなたがこの会社に入った時から興味があったの。あなたって、人がいると如才なく振る舞うけど、なぜか心ここにあらずという感じだったわ。いつも自分自身と対話しているみたい。歌舞伎へ行く前からのことよ。でも私は三つ上でしょ。あの頃、あなたは若い人とよく音楽会やダンスに行っていたでしょう。要するにあたしの出る幕はなかったということなの」

「それは初耳だな。君は僕の前をちょっと立ち寄って、通り過ぎていった人と思っていた」

「だから、こうなったことを後悔はしていないのよ」

「実はあの会社を足がかりに夜の大学に行くつもりだった。ところが毎日あの忙しさだろう。社長からもう少し待ってくれと言われてね。結局諦めたのさ」

「そうだったの、初耳だわ。みんな知っているの？」

「いや社長と君だけだ」

「そうだったの。乗り掛かった船が沈没とは残念ね」

朝子は私を見つめながら皮肉っぽく言う。

「男と女の縁は不思議だな。夫婦と言うものはお互いに向き合うものだけど、君と一緒にいると、湯加減のいい湯につかっているみたいだ」

「うちの人はいい人よ。何と言ったらいいのか、男と女には綱引きみたいなところがあるでしょ。お互いに引っ張り合いながら、議論したり喧嘩したり仲直りしたり、それが夫婦の形をつくっていくのよね。でもあたしたちにはそれがないのよ」

「それは君のわがままだよ。君から飛び込んでいけばいいのさ」

「そんなことあなたに言われたくないわ」

朝子には珍しくきつい表情が見えた。

帰る身支度を整えてから、テーブルで向き合った時、朝子は、

「実はあなたにまだ話してないことがあるの」

と前置きして言った。

「赤羽の両親を名古屋へ引き取ることで話が進んでいるの」

「それはいいことだ。ご両親は承諾したの」

「いま最中なの。母が看病するにも限界があり、あたしたちの住むマンションの近くに、物件を探しているの。引っ越した後の持ち家やあたしたちのマンションの処分とか、煩わしいことがたくさんあるのよ」

「そうか。目の前に難題がぶら下がっているんだな。旦那はどう思っているの」

「車関係は景気がよくて忙しいの。万事あたしに任せているわ」

「行く行くは名古屋の人になるんだな」

「そうよ」

「人は思い出の詰まった袋を下げている。それが慰めにもなるんだ。君からたくさんのいい思い出をもらった。感謝しているよ」

「年下のくせに生意気なことを言って。でもあなたの言うとおりね」

私は一服つけながら、ベッドに視線をやり、先ほどまで絡み合っていた朝子の悲鳴のようなものが聞こえた気がした。

「最後に一度会おうか」

「分からないわ。でもこれからずっと、会えなくなることは確かかね」

「もう一度会いたいな」

「あたしもよ」

「そうか。君に任せるよ」

「そう言われても困るわ」

話は堂々巡りのまま、尻切れになって二人は別れた。


出勤する朝、通勤客に混じって満員電車から吐き出されると、彼らの背中を見ながら歩道を急ぎ足で歩くが、自分だけが世間の流れに逆らって歩いている錯覚にとらわれる。その行き着く地点がどんなところなのか分からぬまま、のろのろとした現実に胸を締め付けられるような気持ちで出勤する。

その日、荒川から会いたいという電話があり、会社の近くの喫茶店で落ち合うことにする。いつも昼食に利用する狭い店より、奥行きのある広く静かなところがいい、と彼は言ってきた。

約束の時間に、彼は浮かぬ顔で入ってきた。

「俺はもう会社へは行かないよ。上司には一応挨拶したが、梅雨に入る前にあちらへ行くつもりだ。在庫を調べたり、売価を変えたり、雑用が山ほどある」

「それでいいじゃないか。向こうへ行ってきたの？」

「ああ、一昨日帰ってきた。親戚一同に紹介されたが、中にはひと言ありそうな同業者もいてね」

「あの一族は、衣料品店としてあの地域に根を張っているからな。厄介なこともあるだろうな」

「慣例のあいさつ回りだが、歓待より警戒心が見えるんだな」

「一国一城の主になるんだから、自分の商才を存分に発揮することだよ」

「そのとおりだ。ビビッても仕方がないさ」

荒川は自分に活を入れるように、力を込める。もともと弱者の味方である彼のことだから、零細な家業を相手では戦意がくじけるのだろう。

「結婚式はいつですか」

「まだ決まっていないが、今年の夏物の最盛期が過ぎた頃だから、九月の初めかな」

「東京から婿が来て、あの店は変わったと思わせることだな。単なる在庫の処分から次のステップとして、恒常的な安売り店のイメージを創出することだ。中級品以下の価格帯を下げ、品ぞろえに厚みを持たせることだな。要するに豊富な商品と良心的な価格の戦術が定着すれば、何か欲しい時、必ず下調べに店に来るのさ」

「さすが経営コンサルタントは違うな。これからもよろしく頼むよ」

「僕にも勉強になるさ。とにかく良質を安価でという商売の王道にこだわり続けることだよ」

話し合いながら、彼の弱音が消えて、いつもの元気さを取り戻しているのが見られた。

「奥さんになる人はどう考えているの」

「あれは高校出てから、店に出ずっぱりだよ。文字どおりの店娘なんだ。何かあっても、お前は店に出てればいいと言われて育ってきたんだ」

「跡取り娘なんだから、何か考えがあるだろう」

「ない、ないさ。考えてみれば可哀想だな。これから俺が仕込んでやるよ」

ランチタイムを過ぎた店内は、再び静かな音楽が流れている。

荒川が感慨深げに言う。

「あの会社ではいろいろあったな。俺たちは役員の下という恵まれた環境で、存分に仕事ができただけに、いい思い出が多い」

その言葉に導かれるように、私も呼応する。

「会社というものは一つの村だな。いい奴もいれば気に入らない奴もいる。だけどいざという時には不思議にまとまるのだ。根っこは同じなんだな」

彼はタバコをくゆらしながら、

「去年の秋のあのことを覚えているか」

「ああ、よく覚えているさ」

去年の秋口のことである。手形の不渡りが避けられないと言って、前借りしていたお得意様のために、夜中に運送屋の倉庫に商品を運んだことがある。小型トラックに乱暴に値の張る商品を積み込んで何回か往復した。やれやれと休んでいると、カネの都合ができたという知らせが入り、今度はその日の朝にかけて、店の陳列棚に戻したことがある。

「あの時は徹夜だったたな。嫌な奴とも握手してね」

私は彼と苦笑しながら、往時を懐かしんだ。窓辺の白いカーテンを横切る人影のようなものが映った。

「何か、敗残兵の疾走みたいだった。僕はあの時、無心に働く後輩たちを見ながら、ここに籍を置く住民の一人であることを痛感したのさ。だからこの会社にこだわるのさ」

私は彼の伏し目にきらりと光るものを感じた。私はとっさに言葉をつないだ。

「お互いにこの業界にいれば、縁はつながっていく。俺も上京を楽しみにしている。これからも会おうよ」

私は固く握手して彼と別れた。


それから間もなく、建物を巡って明け渡し訴訟が起こされ、関係者以外は立ち入り禁止になった。担保権を持つ銀行や商社が不透明な成り行きに断を下したのである。

建物から締め出された役員たちは、近くのアパートの一室に移り、あの見捨てられた火鉢を囲んで、来る日も来る日も清算完了まで縛られることになる。

再建の道はほとんどない。営々と築き上げた販売ルートも、一年にわたる空白は決定的であり、瀕死に等しい状況であった。

梅雨の終わる頃、私たち数人が会社に集まった時、ある役員から説明と謝罪があった。

「君たちには空約束になって本当に申し訳ないが、もう時間の問題だ。今年中に清算が終われば、あとは自動的に解散になる」

これはとりもなおさず、これからは、自分のことは自分で決めてほしいという宣告である。

あれから朝子とは一度喫茶店で会っただけである。梅雨が終わる頃、朝子の指示どおり、上野の広小路の喫茶店で待ち合わせた。

彼女の夫も転居の打ち合わせでたびたび上京するようになり、これが私と朝子の冷却期間になったのは確かである。

「名古屋へはいつ頃帰るの」

「主人の夏休みの休暇を利用するの」

「住まいの処分は見通しがついたの」

「これは知人の不動産屋に頼んでおいたわ。両親が名古屋へ行くと、あたしも上京する機会がなくなるわね」

「寂しいけど、お互いに当然の成り行きだね」

朝子は黙ったまま、窓の外を眺めている。

別れ際、朝子は握った手から指を絡ませて離そうとはせず、目と目とを合わせることなく、そのまま離れていった。彼女の背中を見送りながら、ほどなく彼女は自分の生活に戻るだろうが、どちらかといえば、私の方に悔いが残るかもしれないと思った。

私にとって年上の女には独特の雰囲気がある。夫婦の自縛された関係の上に成り立つ男と女ではなく、そこには大らかな優しい存在がある。その存在を手掛かりに、不安にさいなまれる自分の意識の領域に、ほのかな灯りが見えてくるように感じたのである。朝子にはいつもしっとりとした慈しみにあふれ、私を自在に羽ばたかせる包容力がある。彼女は私にとって、人妻というより、魅力ある年上の女であった。

失業の日々はそれなりに平穏のうちに過ぎていった。霧の立ち込める穏やかな波間に浮かぶ小舟のように、船底は絶えず揺れているものの、不安な気持ちはお互いの胸の内に閉ざして、夫婦で日々の暮らしを見つめている。

妻はさしあたり、生まれてくる子供への思いを巡らして内職の洋裁に精を出し、私は窓辺に座って、ぼんやりと通りを眺めている。

夕刻の食事前のひととき、子供たちがアパート前の広場に集まり、サッカーや縄跳びに興じている。よちよち歩きの幼い子が縄跳びに絡むように危なっかしく付きまとう。女の子が、その子を抱いてベンチに座らせると、今度は男の子の後ろへ回り、手をたたいてボールの行方を見ている。甲高い子供の声が、暮れなずむ商店や民家の通りに反響する。

やがて井の頭の森から夕闇が迫り、通りの灯りが輝きを増す頃、狭い道路にバスが止まり、数人の乗客が降りてくる。子供たちがそこに駆け寄り、父親と連れだって家に帰る。最後の一人が水飲み場で水を飲んで帰ると、ぽっかり穴があいた広場には静かな夕闇が流れ込んでくる。

私は後ろに静江がいることに気づかなかった。

「子供っていいわ。毎日毎日が真剣なのね。あたしも遊びには夢中だったわ」

「あの子供たちの声は、明るい日差しだね。久しぶりに無邪気さに出会ったようだよ。子供の手って温かいだろうな」

「そのうち、うるさいなんて言うんじゃない」

「よく遊んでよく食べてよく寝て、その新陳代謝が心の良薬なんだ」

「あたしも、夕方遊んで帰る時の景色は、今でもよく覚えているの。よその家の塀の外の柿を取ってきては、よく母に叱られたわ」

突然、妻が私の背中にもたれてきた。不意を突かれてバランスを崩す私に、

「父がめの背に母がめが、その背に子がめがおんぶするのよ」

妻はそう言いながら、なおも私の背に体重を乗せてきた。

「止せよ、やめろよ」

そう言いながら、お腹の子を守るように体をずらせながら仰向けに倒れると、妻は顔を近づけて、

「お父さん頑張ってね」

とおかしそうに笑いながら体を起こした。

私はあらたまって妻に聞く。

「僕は変わっただろうか」

妻は不審な面持ちで、

「別に変わらないわ。なぜそんなことを聞くの」

「いや、いいんだ」

私はこれまでのいきさつを話した。

「もう会社は駄目になった。あとは自動的に解散ということになる。この七カ月間辛いことがあったが、いい経験にもなった。何か世の中を別の目で見るようになった気がする」

「それって、人間的に成長したということでしょう」

「一本調子の甘い考えが崩れたのさ」

私の口調に合わせるように、妻も真剣なまなざしを向ける。

「あなたにあまり深刻に考えてほしくないの。五体満足ならどこでも働く機会はあるわ。あたしの仕事だって生活の足しになるし、二人で働けばそれでいいのよ」

「いま君は大切な時期だし、子供が無事に生まれることだけを考えればいい。僕は再就職のことを考える。叔父の紹介もあるし、あと一カ月だな」

「もう会社へは行かないの」

「いずれ自然に縁が切れるさ」

黙ってうなずく妻を見つめながら、待つことの不安に耐えてきた妻に、無事出産の日が訪れるよう祈りたい気持ちになった。

その頃になると、何をするにも妻の動きが緩慢になり、一挙一動に荒い息をする妻を気遣う日が続いた。血圧が高く頭が痛いと言う妻は、医師からは初産でもあり、週一回は通院するように言われた。

その時期にも夫婦の営みは続けられた。それはもう、あり合わせの食事みたいに手軽なものになっていた。妻のはらんだ大きな卵を夫が背を丸めて卵を温める姿は、珍妙で悲しげに映ったが、二人の夜のひとときは、自然に湧き出る泉のような夫婦和合のかたちでもあった。

「赤ちゃんのベッドはどこにしようか」

うとうとする私の耳元で妻は言う。

「そうだな。テレビをこっちへ置いて、ベッドは窓際の明るいところにしよう」

「ベビーダンスはどこにしようか」

「それは生まれてからでいいよ」

うるさそうに返事をすると妻は不満をあらわにし、

「あなたは子供が可愛くないの。きっとそうだわ。口先ばかりで」

「そうじゃないよ。君のように想像力が働かないのさ」

「母親っていつもお腹の子と話をしているの。あなたはいつも自分の中に籠もっているけど、もっと協力してよ」

「僕だって精一杯やっているさ」

穏やかな風が突風に変わることもある。そんなときでも私を安眠に導いてくれるのは、同じ布団に背を丸めて寝入っている妻の体の温かさなのだろう。


連日の猛暑続きに、静江は外出を避けて家に籠もり、私が買い物に出かけることが多くなった。暑さに強い私は用事もないのに、よく新宿まで足を延ばした。

夏休みの新宿の繁華街は、家族づれや若者たちで賑わい、その中に混じって、私も本屋に立ち寄ったり、涼しいデパートの中を歩いたり、気に入った喫茶店で時間をつぶしたりした。

無心の彷徨は妄想を生みやすく、私をほしいままにしたのは朝子の白い肌である。真夏の強い日差しを額に受けながら、自虐的に彼女の白い肢体を追う。やがてビルの鋭角的な線が曖昧にぼやけ、街の騒音が引き潮のように遠のいていく。熱い思いが徒労に終わる頃、暑さにめまいを感じた私は、現前するビルの量感に圧倒され、ぼんやりと路上の影に佇む。

私が中学生の頃、一人で新宿の本屋へ行った帰りのことだった。食堂で食事をしていると、大通りが急に騒がしくなった。警官が車道からマイクで、四時頃学生のデモ隊が通過するので、絶対車道には出ないように、と警告している。私は人混みの路上でそれを待った。

大通りのはるか彼方から騒がしい声がひと固まりになって聞こえてきた。しばらくして、林立する校旗をはためかせながら、悠然と先行する一団が通りかかると、蛮声と地響きがビルに反響しながら、デモの先団が私の前に現れた。デモの集団が地を這うように続く。最前列の学生が後ろ向きになって自制棒をしっかりつかみながら、デモの勢いを抑えてゆっくり進むが、この自制棒によって怪物の秩序が得られている。

彼らは中腰になって両手で前の者の尻の両端を支えているが、この不安定な姿勢に弾みをつけ、リズムを支えているのは、「〇〇反対！」の連呼である。雄たけびは力強く地を這い、地響きが周囲を圧倒する。

不思議な感動が私の中を駆け巡り、私の目は潤んでいた。これでもかこれでもかというように、触れたことのない私の感性を荒々しく揺さぶり、あの地べたに腰を屈した奇妙な格好が、いつまでも私の目に焼き付いていた。この集団の力とは何だろう。なぜ今になってあの情景が、私の脳裏に浮かんだのだろう。

この半年間、私は何をしてきたのだろう。

人混みの街を無気力な自分を抱えながら、私は当てもなく歩き続ける。ある意味でこれが自分にふさわしい姿ではないのか。

私はなおも歩き続けた。歩くのが行であるかのように、無心に歩いた。

繁華街から小店の並ぶ飲食街の路地に入ると、昼下がりの人気のない小路には涼風が吹き抜ける。そこを左に折れて大通りを横切ると、やっと人混みから解放された。

そこから大久保駅まで一本道になる。私は街路樹のベンチで体を休めた。

スーパー入り口の花屋や雑貨店に群がる人の動きをぼんやり眺めていると、一人の若い母親が生まれて間もない赤ん坊を胸に抱きながら目の前を通り過ぎた。赤子をあやしながら大地を踏みしめるようにゆっくりと歩く姿が、残像のように私の胸の内に残った。

駅周辺の低い屋並みを覆いかぶさるように、くっきりした輪郭の入道雲が盛り上がっている。

「また夕立か」

私は独り言を言いながら駅へ急いだ。

（四）月明かりに導かれて

それから間もなく、私は奇妙な夢を見た。

私は一人でリュックを背負って、はるばる故郷である北関東のある町にやってきた。夕暮れ時、山道を上りつめて峠に立つと、周囲の山並みは夕霞がたなびき、眼下には湖水のようにきらめきながら、懐かしい町が眠っているように眺められた。

故郷にやっと着いた私は、峠を通る最終バスを見送り、今夜はここで野宿をして朝になったら町へ下ろうと思った。

真夜中に、私は得体のしれない数人の男に襲われた。なぜだ、と思いながら懸命に尾根伝いに逃げた。背後に人の気配を感じながら、昔よく遊んだ松林の斜面を飛び跳ねるようにして逃げた。山道には小枝が群がっていたが、私の足先は次々に闇が引き裂かれ、時には気持ちよく飛び跳ねながら、山を下った。

山麓には昔住んでいた母屋が、ひさしを目深に長い沈黙に耐えている。その姿を一瞥しながら逃げた。どこをどう走ったのか、私はある知り合いの女性の家の屋根裏に身をひそめていた。月明かりに誘われて夜空を仰ぐと、その時突然、雲間から月の光が降りてきた。その月光を滑るように、赤ん坊を抱いた妻静江がゆっくりと降りてくる。それが瞼の中に消えたのは、たぶん私の目に涙があふれていたからだろう。

翌朝、台所にいる妻に、君が子供を抱いている夢を見たと、それだけ言うと、

「そう、きっと男の子だわ」

と、彼女は素直に喜んだが、私は詳しいことは話さなかった。なぜ追われる男になったのか、私自身の複雑な経路をたどって現れた夢について、あまりこだわらないことにしようと思った。

出産の時期が近づいても、お腹の子は居座ったまま一向に動き出す気配はない。体のむくみで一回り肥った妻は、窮屈そうにお腹を支えながら部屋をうろついている。

「この子ったら、いつまでお腹にいる気でしょう」

妻は血圧が高めで軽い妊娠中毒症にかかっており、陣痛も微弱が想定されるので、病院側では、予定日の三日前に入院させ、薬を投与しながら様子を見ることになった。

入院する日、二人で荷物を提げて、黄金色の陽が騒がしい玉川上水の川べりを、病院まで歩いていった。妻は珍しそうに、枯れている水路をのぞき込んだり、運動場に隣接する手入れの良い庭園を眺めたりしながら、ゆっくり歩いていく。

「あなたと二人で歩くのは久しぶりだわ。これから入院するなんて考えられないわ」

妻の笑みを浮かべた横顔が私の目に映った。

萩の生い茂る植え込みのあたりには、朝の喧騒から取り残された静けさがある。妻は息を整えながら、そこのベンチに腰を下ろした。

「こんなにいいところがあったのね」

穏やかな風が吹き抜けている。紅葉には早いが、秋立つ気配が下草の色合いや垣根のつる草のくっきりした図柄に込められている。草むらに群がっている小鳥たちが一斉に飛び立つのを、妻は珍しそうに見入っている。

「入院前にこんないい景色に出会えるなんて、よかったわ。子供が生まれたら、毎日散歩したいわ」

それからぽつりとつぶやいた。

「でも無事に生まれるかしら」

「お産は病気じゃないんだぞ。あまり感傷的になるなよ」

「大丈夫よ。頑張るから」

「もうすぐだから、ゆっくり歩こう」

水路沿いの濡れた落ち葉を踏みしめながら歩いているうちに、私はふと妻の肩を抱いた。無力な夫の感傷的な表現だったが、妻は嬉しそうに微笑みを返した。悲しいまでに充足した気持ちが私の内に込み上がる。

産婦人科は改装された私立の総合病院の別棟にある。古びた二階建ての病棟で、所定の手続きを済ませると、分娩室がある一階の奥の病室に案内された。妻のベッドを確認し、必要品を棚に収めると、今日の私の役目は終わる。
日頃お世話になっている須田夫人が、毎日顔を出してくれることになっているので、私は生理的になじまないこの病室を一刻も早く退散したかった。

留守を預かる私の一日は、退屈そのものであるが、せわしないうちに一日が終わる。テレビに飽きると、レコードをかけたり、週刊誌の類いを読んだりするが、これも投げ出されたままである。私は漂流物に囲まれ、有り余る時間の中で落ち着きのない一日を過ごした。

その日も病院から吉祥寺駅付近の繁華街に出て夕食の買い物を済ませると、公園の池のふちを歩いて時間をつぶした。衰えた夕陽が紅葉の裏側にまつわりついており、池のふちのボートも池の森も静止したままである。ちらほらと見え隠れする人影は、ゆっくりと家路へ向かっている。池の中の橋を渡って右に折れ、弁財天のお堂にお参りすると、そばのベンチで池を眺めている老人がいる。

「須田さん、お久しぶりです」

須田さんは私と分かると、にこやかに会釈した。

「奥さんにはいろいろご面倒かけて、申し訳ありません」

「いいんですよ。家内は孫が生まれるみたいに張り切っていますよ」

「お産はどうも苦手ですよ。ほんとうに助かります」

私は軽く頭を下げると、タバコに火をつけながら、並んで腰を下ろした。

「初産はいろいろ神経を使うが、病気じゃないから、終わってみると、ウソのようだと言いますよ。ところで会社の方は」

「もう諦めています。あの会社は僕には本籍地みたいなものですから、辛抱して成り行きを見守ってきたのですが、やっぱり駄目でした」

「そうですか。どこか当てがあるのですか」

「叔父が知り合いの同業社を世話してくれたので、子供が生まれてから、心機一転頑張るつもりです」

「ああ、それはよかった。一安心ですね。あなたは若いから、どこでも受け入れてくれますよ」

須田さんは私を見つめながら、前歯の抜けた人のよさそうな笑顔を見せた。

「体の方はいかがですか」

「どこが悪いというわけではないんですが、実は、新しい仕事が見つかりましてね。建設現場のガードマンの仕事です。夜勤もあるけど、まあのんびりとやっています」

「よかったですね。気持ちが落ち着けば、体の方もそれについていきますよ」

噴水から流れ落ちるさざ波が、茂みの下で夕陽を映して揺れている。それを眺めながら、二人はしばらく佇んでいた。

私が立ち上がると、彼の言葉が追ってきた。

「赤ん坊が生まれたら、見せてくださいね」

「ぜひ、ご夫婦で来ていただきたいのです」

スーパーで求めたメンチカツの皿に目玉焼きをのせ、キャベツを添えて私の夕食は終わる。それから窓辺で一服しながら、御殿山の森から流れてくる夕闇が、民家の一つ一つを影絵に塗り替え、店屋の灯りを際立たせる夕べの街の風景を眺める。

病院のベッドに横たわる妻の姿を思い浮かべ、それから、先ほど会った須田さんのことを思った。植木職人から運転手、そして今度はガードマンと転職を繰り返してきたという。一貫して変わらないのは彼の実直さである。これは自身に対する誠実さを謙虚に守ってきた証しでもある。しみじみした思いが胸の内に広がる。

それから二日後、須田夫人から電話が入り、静江の陣痛が始まったので行くなら夕方が良い、と言ってきた。

玉川上水べりを急ぐ私の目に、紅葉の葉裏を美しくなびかせるカエデの一群が映り、心地よい気分が広がるが、それは長く続かなかった。朽ちた垣根の大きな岩陰から黒い野鳥が突然飛び立つと、私はまた、自分のわだかまりから抜けきれない不安に襲われた。

静江はベッドの端に腰かけてぼんやりしている。私を見ると、びっくりした顔できまりが悪そうな笑顔を向けた。

「どうだい、気分は」

私は言葉を探しながら言う。

「今朝から陣痛が始まったの。まだ微弱だけど、薬で何とかなるみたい」

「起きていていいのか」

「なるべく動いた方がいいのよ。この子ったら親の気も知らないで。困った子だわ」

私は向かい側のベッドに腰をかける。時々通路を慌ただしく人影が走る。

「この前ここに来た時、そこに小柄な女の人がいたでしょ。昨日退院したの。すごく楽なお産だったみたい」

静江は自分だけが不当な扱いを受けている、とでも言いたげな顔つきで、しきりに下腹をさすっている。

「今夜はここにいた方がいいのかな」

「うん。あとで婦長さんに聞いてみるわ」

その時夕食が運ばれてきたので、私も外で食事をするために外出することにする。病室に帰ってみると、看護婦が私を待っていた。

「母子ともに異常はありません。出産はたぶん明け方になるでしょう。ここは完全看護で、医師と看護婦が常駐していますから、心配ありません」

切り口上ながら、その力強い口調に気押されて、私は引き上げることにした。長い時間ここにいることは、ある意味で耐えがたいことだった。

静江は少し運動になるといって、下腹を抑えながら、私を玄関まで送ってきた。別れ際に彼女は心もとない素振りを見せたが、私が振り返ると、まだそこに立っていて大きく手を振って応えた。何か言っているようだったが、騒音にまぎれて声の響きだけが私の耳元に残った。その顔は笑っているようでもあり、泣いているようでもある。あたしのことは心配しないで、あなたもがんばってね。そう言っているようにも見えた。

私はグラウンド沿いの大通りを歩いて帰る。万助橋のたもとから暗い御殿山の森を斜めに通る道がある。あたりは静寂に包まれているが、不思議に森のざわめきが賑やかである。街灯がほんのりと路を開き、木立のありかを光の輪で包んでいる。しっかりと根を張るマツやクヌギの樹木の自在な姿が、まるで自分の流儀にしっかりと固執しながら、たくましく群生しているようである。そして枝先のあたりはお互いに重なり合いながら、夜の天空に開かれている。それはまるで、人と世の関わり合いのように、闇の静けさの中で力強いたたずまいを見せている。

家に入ると、私はにわかに疲労を感じた。職場を離れてからの気ままな生活のために、私の感覚は微妙に歯車を狂わせていたのかもしれない。テレビをつけて布団を敷き、台所でお湯を沸かす。

台所の窓から須田さんの家の屋根が目の下に眺められる。朽ちかけた平屋は、かつての持ち主が森の別荘として住んでいたところで、居間には大きな天窓がある。手入れをしないために、いつも枯れ葉や土埃が積もっているが、それが先日の大雨で洗われて部屋の灯りが立ち上がり、部屋の様子の一部がのぞかれた。

食卓の前で男の子が威勢よく食べている。子供がよくしゃべり、よく笑い、元気よくご飯のお代わりをし、そのたびに須田さん夫妻の手が食卓に伸びる。食卓を包む灯りには、須田さんの思いがにじんでいる。何という温かな光景だろう。

食べる、食べる、私は呪文のように小声でつぶやきながら、やがてこの言葉に打たれるうちに、いいようのない感動に全身が縛られていく。涙をためた目の縁に、光がまとわりついて、灯りが大きくなったり、幾重にも重なったりする。それからも私は窓辺に立ち、夜の底から立ち上る天窓の灯りを眺めていた。

その夜、私は叔父に手紙を書いて、これまでの会社のいきさつや自分の近況を説明し、あらためて就職の依頼をした。

翌朝は快晴である。私は布団を離れ、ひんやりした空気を体内に呼び込むと、また少し眠った。今度は起きてカーテンを開けると、新聞を枕元に置いて、また布団の上に横になった。もう、生まれているかもしれない。食事を済ませたら、少し遠回りになるが、上水べりを歩いて病院へ行こうと考える。

窓を眺めていると、木立の先に澄んだ秋の空が窓いっぱいに広がり、軍艦のような雲の固まりが風に乗ってゆっくり動いている。陽をはらんで輝いているところと、全体を凝縮する影の部分があり、風と大気の中で、光と影が絡み合い寄り添う形で動いているうちに、雲は切れかかったりはらんだりする。

やがて雲の下に小さな雲が現れ、母体に付き添いながら浮遊しているうちに、突然下降を始める。私はその時、金縛りにあったようにその雲を凝視した。

青空をかけぬけていく白い馬を見たように感じた。この——一瞬の白い馬の幻影は、私の中でそうでなくてはならなかった。

子供の頃、田んぼの水門に泳ぎに行った帰り道、広い田んぼのあぜ道で、夏の雲と遊んだ記憶がある。

「あの雲をじっと見てから目を閉じると、目の中にそのまま形が残るんだ」

「ああ、白い馬みたいだ」

誰言うとなく、そんな遊びに興じたことがあった。

窓に目を向けながら、私はじっと目を閉じる。何度か繰り返すうちに、ほんのりと明るんだ瞼の中に、はっきりと白い馬の残像を認めたのである。

数日前、夢の中で月の光を滑り降りてくる妻と子の姿を思い出した。

その時、アパートの階段を慌ただしく上がってくる須田さんの奥さんの足音を聞いた。

「生まれましたよ。男の子です。お母さんも元気ですよ」

長いことこの瞬間を待っていた。私は目を閉じたまま、

「奥さん、いろいろお世話になります。私はこれから病院へ行きます」

と言う自分の声を他人の声のように聞いた。

あとがき

私は高校を卒業すると日本橋堀留の織物問屋へ就職した。そこから早稲田大学の夜間部へ入学する予定だったが、日々の業務が多忙のため、進学をあきらめざるを得なかった。

一年遅れて妻の涼子が入社して私の部下になった。

彼女は編集の仕事を求めていくつかの出版社を受験したが、大卒ではなかったため受付で断られた。最終的に織物問屋に決まったが、彼女にとっては予想もしない就職先であった。

社会人としてスタート早々不運を体験した二人は、妙に話があい、やがて二人だけの世界を探し求めるようになった。

四年後に、身ひとつで結婚して彼女の両親の家の近くに所帯を持ったが、私を待っていたのは、失業から細々とした自営への転職、妻の出産など経済的な苦労であった。ただ妻の両親や二人の義姉たちから温かく迎えられ、その恩情によって私たち夫婦の必死の思いが支えられたのは確かである。三人の姉妹にはそれぞれ男の子が一人ずつ授かり、彼らは兄弟のように育ち、新宿区落合の義実家は私たち夫婦の大きなよりどころになった。

義父母の死までの様々な経緯は、私たちの半生と密接な関わり合いがある。不可解な事件や特殊な生活体験よりも、この当たり前な善意の人たちとの交流こそ、人生の宝であるという確信から、それらの思い出をもとに私なりに創造し、描いた物語が本書である。

八十六歳で、亡くなった妻にも読んでもらいたかった。それが心残りである。

著者プロフィール

森山 寛（もりやま ひろし）

昭和6年5月14日誕生。
昭和25年　県立足利高校卒業、日本橋の織物問屋三弥へ入社。
昭和33年　森山商店設立。
昭和55年　某信用調査会社へ入社。
平成13年　同社退社、今日に至る。

※本書は2022年に刊行された『彼岸の家』（文藝春秋企画出版部／文藝春秋）に加筆・訂正をし、再編集したものです。

彼岸の家

2024年10月15日　初版第1刷発行

著　者　森山 寛
発行者　瓜谷 綱延
発行所　株式会社文芸社
〒160-0022　東京都新宿区新宿1－10－1
電話　03-5369-3060（代表）
03-5369-2299（販売）

印刷所　株式会社エーヴィスシステムズ

ISBN978-4-286-25764-8